喰らう獣と甘やかな獲物

葵居ゆゆ

illustration: サマミヤアカザ

喰らう獣と甘やかな獲物

ほんの少しでもいい、彼の慰めになることをしたい。

そう考えてキアルはここに来た。

大陸の要所である半島のほぼすべてを領土とするグラエキア王国の首都、その中央の小高い丘に立つ城の前で、キアルは門を見上げていた。

石と鉄でできた城の門はものものしくて冷たい。夕刻、人通りの多い時間だが、城へと続く大通りは閑散としていた。キアルが近づいていくと、衛兵はとうに気づいていたようで、向こうから声をかけてきた。

「クラウディオ殿下のケーキ志望だな？」

「はい、そうです」

キアルは抱えた布鞄《かばん》を持ち直し、なるべく愛想よく微笑《ほほえ》んだ。茶色の髪に茶色の瞳という容姿は、さまざまな外見の人が暮らすこの国ではごく目立たない。すらりとした体軀《たいく》と甘やかな顔立ちは、暮らしている町の女の子たちには人気があるけれど、すれ違う皆が振り返るというほどでもなかった。

だが「ケーキ」の特性は、それを求める「フォーク」、つまり聖騎士でなければわからないという。だからここは入れてもらえるはずだ——と踏んでいたとおり、兵士は上から下までキアルを眺めたあと、顎をしゃくって中を示した。

「入れ」

開けられた小戸《こど》をくぐって入ると別の兵士がキアルを一瞥《いちべつ》し、黙って歩きはじめた。ついていきながら、キアルはそっと周囲を眺めた。

なだらかな傾斜を、時計回りに道がのぼっていく。畑や果樹の中に建物が点在し、まるで農村のようだ。盛夏の夕刻、時節柄仕事が多いのだろう、まだそこかしこで人が働いているのに、奇妙なほど静かだった。行く手にはまた高い塀があり、敷地が複数に区切られているのが見てとれた。一番高いところにある城の手前の区画にも、いくつか尖塔《せんとう》がある。こんなところで彼は暮らしているのだ。

あの人は、どんな大人になっているだろう。

緊張と期待とで動悸《どうき》のする胸を押さえて、キアルは右側にそびえる城を見つめた。

もうすぐ、クラウディオ王子のそばに行けるはずだ。

「行ったところで、きっと取り次いではもらえないよ」

心配顔の両親は、そう言ってキアルをとめた。王子はきっと覚えていてくださるだろうけど、その前に門番に追い返されるに違いない、という両親の言い分はもっともだし、キアルもそう思っていたから、これまで一度も訪ねようとは思わなかった。

それでも、今ならもしかして、と考えたから、来ることに決めたのだ。

現在、城では第二王子のクラウディオのために「ケーキ」が集められている。

「フォーク」と呼ばれる特性を持つクラウディオが、半年前に獣と化して、王の愛妾《あいしょう》であるサモーラを殺したからだ。

フォークは普通の人とは異なり、獣の耳と尾を備えた獣人たちだ。男性にしか現れない特徴で、生まれたときにはわからず、十五歳ごろに耳と尾が生えることで判明する。彼らの最大の特徴は、怒りや悲しみ、殺意など激しい感情によって、人の姿から巨大な獣へと変化することだ。通常の動物の何倍も大きな彼らは総じて獰猛《どうもう》で、その圧倒的な強さゆえ、かつては戦に欠かせない存在だった。グラエキアでは守護聖獣とも呼ばれ、尊重されてきた。

だが、戦が少なくなるにつれ、フォークは厄介な存在へと変わっていった。彼らは通常の食事を好まない。生きていくためには、ケーキと呼ばれる性質を持つ人間を「喰《く》らう」――嚙《か》みついて血を啜《すす》り、性交して心身の飢えを満たすことが不可欠なのだと言われている。

人の姿と獣の姿の両方を持ち、人間を食料にし欲望の捌《は》け口にする。強い力を持つそんな存在が、恐れられ敬遠されるのは仕方のないことだろう。人の姿のままでも強靭《きょうじん》な彼らを怒らせれば、どんな被害が出るかわからないが、いずれまた大きな戦が起きないとも限らない。ケーキを犠牲にして有事に備えるか、異種族として排除するかは、どの国でも悩ましい問題だった。グラエキアでは数代前の王の命令により、彼らを追放したり滅ぼしたりするのではなく、聖騎士という地位を与え、ケーキをあてがうことで共存してきた。

クラウディオがフォークだと判明したときは、国中がざわついたのをキアルも覚えている。今から十一年前のことだ。王家にフォークが生まれるのはごく稀《まれ》なうえ、フォークの中でも黒豹《ひょう》は珍しく、珍しい動物ほど力も強いのだという。

強い、ということは、恐ろしいということだ。

それでも聖騎士の王子としてことさら丁重に扱われてきたはずが、今年になって、王が寵愛《ちょうあい》していた女性を獣の姿で襲ってしまった。

以来、クラウディオは常に荒れているらしい。いつまた乱心し獣の姿になってしまうかと恐れた王の命令によって、半年ほど前から、聖騎士たちが大きな都市を回り、ケーキを探し出しては連れていくようになった。通常、ケーキの捜索と徴集は四年に一度で、家族にも本人にも十分な報酬が与えられるとあって、喜んで応じるケーキもいる。そのためすでに城には十分な数のケーキがいるはずだが、足りない、三年先まで待てないと判断されたらしい。

さらにひと月前には、すでにケーキだとわかっている者は城に来るように、特性がわからなくても、調べてケーキであれば奉仕したいという者も募集する、という布告が出された。クラウディオは気難しく、どのケーキもすぐに追い出してしまうので、探して連れてくるのでは間にあわないからだ――というのが、キアルが聞いた噂《うわさ》だった。

クラウディオはきっとまた獣になる、今度獣になったら王子といえど、殺されるに違いない。

そんなふうに囁《ささや》かれる噂にいても立ってもいられなくなって、キアルはクラウディオに会いにいこう、と決めたのだった。

城では週に一度、志願者を受け入れている。彼らの中に紛れれば、うまくいけばクラウディオの近くまで行けるはずだ。直接会えなくても、聖騎士に会えれば取り次いでもらうこともできるかもしれない、とキアルは期待していた。

「そんなことして、もしケーキだったらどうするんだよ。おまえ、王子に喰われるのか？」

キアルが城に行くと決めたとき、友人たちはみんなそう言った。「やめておけ」という忠告だとわかっていて、もちろん食べてもらうよ、と返事をして呆《あき》れられたけれど、キアルの心は変わらなかった。両親の心配も、友人の忠告もありがたいけれど、黙って遠くから案じているだけでは、二度とクラウディオに会えなくなるかもしれないのだ。会えないどころか、彼がこの世からいなくなるなんて――嫌われ、疎まれて殺されてしまうなんて、絶対にいやだった。

あのとき彼がキアルを救ってくれたように、今度は自分が助ける番だ。

(といっても、助けになれるかどうかわからないけど……)

「ここだ。入って待て」

先を歩いていた兵士が、二つ目の門をくぐってすぐ足をとめた。この区画には立派な建物がいくつも並んでいる。入れと言われたのは小ぶりな建物で、開け放された扉から覗《のぞ》き込むと、薄暗い室内に数人、年齢も性別もばらばらな人たちが椅子に座って所在なげにしていた。キアルは端の椅子に腰掛けて、鞄を膝の上に乗せた。門で取り上げられなくてよかった、と思うが、こんなふうに荷物を持ち込めるなんて危なくないだろうか、と心配にもなる。

誰何《すいか》もされず、持ち物を検《あらた》められることもないなら、自分みたいに志願者のふりをした悪者が城に入り込むこともできる。いくらなんでも、このままクラウディオの元に連れていかれるとは思わないけれど、見張りもいないから、こっそり抜け出して城の内部に忍び込むことだって、できてしまいそうだ。

もっとも、部屋にいる人たちは、見る限り強そうでも、企《たくら》みごとを抱えているようでもなかった。女性が三人、男性がキアルを入れて三人。ケーキはフォークと違い、男性のことも女性のこともあり、圧倒的に数が多い。そのわりに少ない人数だと思ったが、召集がかけられてからひと月経《た》つし、報酬が出るとはいえ、されることを考えれば、志願者が少ないのも当然かもしれない。

話しかけられる雰囲気でもなく、キアルは鞄を撫《な》でた。中には家を出る直前に焼いたパンが入っている。薄く伸ばした生地を折りたたんで作る、両親自慢のレシピのパンだ。焼きたてではないから味は落ちているだろうけれど――クラウディオが、少しでも喜んでくれるといい。

覚えていてくれるかな、と考えたとき、足音を響かせて男が入ってきた。背の高い三十代前半くらいの男だ。逞《たくま》しい身体《からだ》は装飾を施した華やかな緋《ひ》色の服に包まれ、体軀に見あう堂々とした態度でキアルたちを見渡す。凜々《りり》しく整った顔の上、頭部には尖《とが》った灰色の狼《おおかみ》の耳があった。フォークだ。

（すごい……フォークはみんな恵まれた容姿だって聞いたけど、本当にかっこいいんだ）

普段は目にしないような存在感のある容姿に、キアルも緊張したが、ほかの五人も身を固くしている。フォークの男は感情の窺《うかが》えない表情で視線を移していき、最後にキアルを見ると驚いたような顔をした。

ケーキじゃないとバレたのかも、とキアルは首を竦《すく》めかけたが、彼はすぐ鷹揚《おうよう》に手を振った。

「では全員移動しろ。報酬はおまえたちがきちんと聖騎士の役に立ってから支払われる」

「そんな――すぐ帰れると思ったから来たんです。どれくらいここにいなきゃならないんですか？」

困った表情で男性がひとり立ち上がると、フォークはうるさげな顔をした。

「滞在期間は場合による。おまえたちはまずはクラウディオ殿下のものになるが、殿下が食べなかった場合は、ほかの聖騎士のものになるか、聖堂で共同所有となる。きちんと働けば、王子の相手ができなくても報酬額に変わりはない。それでいいだろう」

早く行け、とでも言うように手をひらひらと動かされ、キアルは困惑して鞄を抱きしめた。

まさか、ケーキかどうかをちゃんと確かめもしないなんて思わなかった。キアルはフォークがどうやってケーキを見分けるのか知らないが、普通に考えて、身体検査みたいなものがあるのだと思っていた。キアル以外の人は自分がケーキだとわかっていて来たのだとしても、もう少し調べたり、名前を聞いたりしそうなものだ。

このまま行ってクラウディオに会えたとして、ケーキじゃない者が紛れ込んだと騒ぎになってしまわないだろうか。

今正直に名乗り出るか、それとも一目でもクラウディオに会えるなら、会ってから白状するか。数秒だけ迷って、キアルは立ち上がった。

（もし罰を受けることになったなら、そのときは仕方ない）

つられるようにほかの人たちも立ち上がる。聖騎士が腕組みして見守るなか、扉へ向かおうとしたとき、急に外が騒がしくなった。

まばゆい光が、扉から差し込んだ気がした。錯覚は一瞬だったが、入ってきた人の姿に、キアルは息を呑《の》んだ。

全身黒衣の若い男性は、しなやかな猛獣のような印象だった。背が高く均整の取れた身体つきも、秀麗な顔立ちもひどく美しい。燃えるような暗く激しい瞳がひときわ印象的で、長めの黒髪までが輝いているように感じられた。獣の耳は目立たないが、腰から長く伸びた豹の尾が、彼をフォークだと知らしめている。

（――クラウディオ様だ）

研ぎ澄まされた美貌に、子供のころの面影はない。だが黒豹のフォークならば、彼以外ありえない。

彼はキアルたちを睨《にら》むように見渡し、不機嫌そうに言い放った。

「全員に報酬はくれてやる。今すぐ出ていけ」

美しいが怒りのせいで冷たい声に、キアルの隣にいた女性がびくりと身を強張《こわば》らせた。フォークの男がうんざりしたように眉をひそめる。

「クラウディオ様。せっかく集まってくれた民の忠誠心、それに兄上のお心遣いを無下にするおつもりですか？　ローレンス殿下はクラウディオ様にもっと食べてほしいとお考えだからこそ、こうして志願者を集めているのですよ」

「兄のことをおまえに言われる筋あいはないし、集まったやつらだって金さえもらえれば不満はないだろう」

そう言うと、彼――クラウディオは、手にしていた革袋を放り投げた。音をたてて金貨が散らばり、二人のケーキが慌ててキアルを押しのけて拾いはじめた。

クラウディオはかがんだケーキたちには目もくれず、きつい眼差《まなざ》しでフォークの男を見据えた。

「俺が喰わないからって、おまえたちも溜《た》め込むなよ。聖堂にも自宅にも、十分すぎるほどケーキがいるはずだ」

「しかし――」

「何度も言わせるな。食事は週に一度、その規則を破ったら減給、謹慎だ」

フォークの男は言い返そうとして、じろりと睨まれて悔しげに黙る。建物を出ていくクラウディオを見て、キアルははっと我に返った。

つい見惚《みと》れてしまっていたが、この機会を逃せば二度と会えないだろう。

「待ってください、クラウディオ様！」

後ろ姿を追いかけて外に出ると、クラウディオは背を向けたまま吐き捨てた。

「金が足りないならさっきの聖騎士に頼め」

「お金はいりません。あなたに渡したいものがあって」

鞄の中身だけは、どうしても渡したい。キアルは包みを取り出して走り寄った。

刹那、クラウディオが勢いよく振り返った。

「おまえ、その匂い――」

射るような眼差しがキアルを捉える。キアルはほっとして包みを差し出した。

「わかりましたか？　パンです。両親の……」

「だめだ、来るな！」

近づこうとした途端激しく拒絶され、足が竦んだ。噛みつくような剣幕に呑まれたのは一瞬で、すぐに苦しそうなクラウディオの様子に不安になった。彼は右手で頭を抱え、左手で喉をかきむしるようにして喘《あえ》いでいた。

「早く帰ってくれ。金ならほしいだけくれてやる」

息をするのも苦しげで、クラウディオはキアルを見ようとしない。歓迎するどころか、近づかれるのもいやそうだ。この様子では、彼はキアルのことを覚えていないのだろう。

気持ちがすうっとしぼんでいく。クラウディオなら、忘れたりしないと思っていたけれど。

（十年以上も前のことだもんな。僕には特別な思い出でも、クラウディオ様にとっては、すぐに忘れてしまえるようなことだったのかも）

完全に忘れられている可能性もあると、覚悟はしてきた。だって、あれきりクラウディオは、一度も会いにきてくれなかったから。

寂しさをこらえて、キアルは包みを鞄に戻し、肩から外した。

「パンは置いていきます。焼きたてじゃないですけど、よかったら食べてください」

クラウディオからの返事はなかった。荒い息遣いに胸が痛み、キアルは鞄を地面に置いて踵《きびす》を返そうとした。

その腕を、フォークの男が摑《つか》む。

「おまえはこっちに来い。殿下の思《おぼ》し召《め》しだ、金をたっぷりはずまないとな」

「いえ、僕は――」

見上げたキアルはぞっとした。口調はなにげないふうを装っていたが、端正で男らしい顔は歪《ゆが》んでいて、口元には残忍な笑みが浮かんでいる。目は血走り、人間のものではなく、狼のそれに見えた。

「……僕は、ケーキじゃない」

「知らなかったのか？　喜べ、ずいぶんうまそうなケーキだ」

舌なめずりされて鳥肌が立つ。自分がケーキだなんて信じられないのに、男の顔も仕草も欲望まみれで、確かめるように摑んだ腕を撫でられると、不快感と恐怖とで足が萎えた。

「どれくらいほしい？　言い値で払ってやってもいいぞ」

男は強い力で引き寄せてきて、キアルは身をよじった。逃げなければ。金を払うなんて口実で、連れていって喰う気なのだ。

だが、力の差は圧倒的だった。腕には指が食い込み、振りほどこうとしてもびくともしない。ずるずると引きずられ、荒い息が首筋にかかった。

（――嚙まれる……っ）

目をつぶった直後に、がくんと身体がつんのめった。

にぶい音が響いて前のめりに転びかけ、踏ん張ろうとしたところを、今度はふわりと持ち上げられる。キアルは目をみはった。

フォークの男が、地面に転がって悶《もだ》えていた。キアルを抱き上げたのはクラウディオで、振り仰いだキアルは再びどきりとした。

瞳が暗い赤色に燃えている。喉の奥からはぐるぐると唸《うな》るような音が聞こえ、視線だけでフォークの男を殺してしまいそうなほど、全身から怒りがゆらめき立っていた。

「……クラウディオ様」

助けてくれたのだ、と思うと、心臓の真ん中がきゅっと痛んだ。キアルのことなど忘れていても、見過ごさずに救ってくれるなんて、やっぱり彼は変わっていない。

キアルは小さく微笑んだ。

「ありがとうございます、クラウディオ様」

「だからさっさと帰れと言ったんだ」

呻《うめ》きとも唸りともつかない声でクラウディオは言い、顔を背けた。あまりにもそっけない口調だった。

そのくせキアルの顔が背中側に来るように担ぎ直すと大股で歩き出し、門をくぐる。城の外へと続く道を進んでいるのに気がついて、キアルはクラウディオの後頭部を見つめた。

礼を言われるのも鬱陶《うっとう》しそうにするのに、わざわざ運んで連れていくのは厚意か、それとも居座られては困るからだろうか。

さっさといなくなってほしいのだろう、と思うとせつなかったが、キアルは気を取り直して控えめに告げた。

「僕、歩けます。ひとりで帰れるので、下ろしてください」

「だめだ。匂いが聖堂に届かないところまでは運ぶ」

「でも……クラウディオ様、体調悪いみたいですから」

彼の息はずっと荒い。足取りもふらつき気味で、細身とはいえ成人男性を担いで歩くのはつらそうだった。背中はずいぶん広くて逞しいから、体調さえよければキアルひとりくらい、造作もないのだろうけれど。

(クラウディオ様、立派な体格になったんだなあ。子供のときは僕よりちょっと背が高いくらいだったのに)

外見はすっかり変わっていて、町でただすれ違っただけだったら、あのクラウディオだとは気づかなかっただろう。

夢に見ていたのは、お互い顔をあわせたらすぐにわかって、笑顔で抱擁し、離れているあいだのいろんな話を尽きることなくするような、そういう再会だったけれど――寂しいけれど、クラウディオが変わらずに優しさとまっすぐさを保っていただけでも、よかった。

「帰れと言うんでしたら、言われたとおりにします。迷惑をかけてしまってすみませんでした。恩返しできなかったかわりに、戻ったらみんなに言っておきますね。クラウディオ様は優しかった、噂なんてあてにならない、って」

「――少し」

ぐらりと、キアルごとクラウディオが揺れた。

「少し、黙ってくれないか」

「うるさかったですか？　すみません」

謝りながら、名残惜しいのだ、とキアルは自覚した。せめて言葉を交わしたい。今日別れたら、きっと二度と会えないから。

「本当は、少しだけでもクラウディオ様の気持ちを、楽にしてあげられたらと思ってたんです。お役に立てなくてごめんなさい。よかったらさっきのパンはケーキの人と――」

「黙れ、と、……言った、」

掠《かす》れた声が苦しそうに途切れた。大きく身体が揺れ、クラウディオは荒い息をつきながらキアルを下ろした。大丈夫ですか、と声をかけようとして、キアルは慌ててクラウディオの肩を摑んだ。

「顔色が……っ、とにかく、ちょっと休んでください。僕、戻って誰か呼んできます」

クラウディオの顔は土気色に染まり、目の焦点があっていないようだった。汗をかいていて、唇が震えている。

キアルは周囲を見回し、一番近い小屋まで彼を連れていこうとした。その手を、クラウディオが振り払う。

「いい。帰れ」

「だめです。そこの小屋で休めると思いますから、少しだけ頑張って」

「おまえも……助けも、呼ばなくていい――におい、が……腹に」

声が不安定に揺れている。後半は呂律《ろれつ》もあやしくなっていて、キアルはクラウディオの腕を肩にかけ、支えながらどうにか小屋の扉を開けた。農作業の休憩用なのか、椅子が三つ、テーブルがひとつあるだけだ。クラウディオは崩れるように床に座り込み、キアルも傍らに膝をついた。

看病なんてしたことはない。せいぜい酔っ払いの面倒を見たことがあるくらいだが、放っておけないのは明らかだった。

「ほしいものはありますか？　水とか……横になれるように、毛布も持ってきますね」

触れた額は汗で冷たくなっている。不安な思いでひと撫でして立ち上がろうとした途端、強く腕を引っ張られた。

背中から床に倒れ込み、衝撃で顔をしかめたキアルは、自分の上にのしかかるクラウディオに気づいて息をとめた。

揺れていた瞳が、まっすぐキアルを捉えている。表情は苦しそうなのをとおり越し、いっそ哀《かな》しげに見えた。

「逃げてくれ……頼む」

言葉とは裏腹に、クラウディオは強い力でキアルを押さえつけてくる。唇の端に牙が見え、唐突にキアルは悟った。

彼は空腹なのだ。あのフォークも言っていた。彼の兄も、もっと食べてほしいと思っている、と。

（きっと全然食べてないんだ。さっきみたいに、ケーキが来ても追い返してばかりだから）

だから目の前にいる自分を、食べたくて仕方ないのだろう。

ケーキだと言われてもまだ実感はないが、彼なら、と自然と思えた。自分がケーキでもケーキじゃなくても、血を吸われるくらいかまわない。

キアルは手を差しのべた。

「僕でよければどうぞ、クラウディオ様」

「よせ……っ」

「空腹なんでしょう？　パンを食べてもらおうと思ったけど、僕でも、クラウディオ様が楽になるならそれでいい」

「よくない……、ッ」

くぐもった獣の声がクラウディオの喉から聞こえた。ぐっと顔が近づいて、瞳が黒ではなく濃い紅《あか》なのが見える。見ると脳裏にあの日の、初めて目があった瞬間が蘇《よみがえ》って、キアルは彼の目尻に触れた。

そこから口元へと指先をすべらせると、クラウディオの目がふっと光を失った。

身構えるまもなく、尖った牙がキアルの指をくわえ込む。ガツリと骨を噛まれる感触がして、遅れて痛みが痺《しび》れるように広がった。

「――ッ」

声をこらえられたのは、牙がすぐに離れて、流れ出た血をクラウディオが舐《な》め取ったからだ。傷を舐められると不思議と痛みが消え、かわりにくすぐったいような、経験したことのない感覚がした。むずむずして逃げたいのに、身体から力が抜けていく。

クラウディオは丹念にキアルの指を舐めると、長いため息を漏らした。匂いを嗅ぎ、うずくまるようにして首筋に顔を埋《うず》めてくる。あたたかい息と濡《ぬ》れた舌が続けて触れ、意図せず背中がしなった。

「……っ、は……っ」

肌に、牙が食い込む。ぶつりと穴をあけられて、硬い異物が肉を穿《うが》つ。痛みが頭部と肩を襲ったが、出たのは苦痛の声ではなく、とろけるような息だった。

（なんだ、これ……）

ゆるやかな目眩《めまい》の奥から、極彩色が浮かび上がってくるようだ。いつのまにか目を閉じたのだと気がついてまぶたをひらけば、埃《ほこり》のついた木の天井に、赤い西日が差しているのが見えた。のしかかったクラウディオの身体が重たくて、熱い。それが心地よく思えて、牙を抜き取られると小さく声があふれた。

「ぁ……、……は、……っ」

ぬるく肌を伝っていく血液を、クラウディオが舐めている。ざらりとした舌は猫科のものだ。ひりひりするのがまた、どうしてか気持ちよかった。舐め上げられるたびに、胸の中も腹の中も――下腹部にまで、甘ったるい熱が生まれてくる。

それは明らかに性的な快感だったが、キアルの知るものとは違っていた。もっと深くて、抗《あらが》いがたい気持ちよさだ。幸せな気分で眠りに落ちていく感覚に似て、引き込まれ沈んでいくような。

「……、ふ、……っ」

舌先が耳を掠めて、ひくんと腰が持ち上がる。クラウディオが低く唸った。

「うまい――どうしておまえはうまいんだ……」

見れば、舐めるのをやめたクラウディオは信じられないような表情を浮かべていて、無防備なその顔がなんだか可愛《かわい》かった。いっそう幸福感が込み上げて、キアルは目を細めた。

あのときと一緒だ。

「おいしいならよかったです。おなかすいてるのに、なにも食べられなかったらつらいですよね。好きなだけ食べてください」

硬めの髪に指を絡める。噛まれた首筋を差し出すように横を向くと、クラウディオは耐えかねたのか、強く押さえつけてきた。襟元に手がかかり、ボタンが引きちぎられたが、不思議と恐ろしくはない。ただ、抱かれるのだな、と思った。フォークはケーキを喰らう際、性交も同時にするという。飢えだけでなく欲をも満たすためだとか、抱かなければ栄養を取り入れられないからだとも聞いたが、真相をキアルは知らない。だが知識として、血を飲まれたら抱かれることだけはわかっていた。

（クラウディオ様なら、かまわない）

抵抗しないキアルのズボンも、クラウディオは奪うように脱がせた。下着を引きずり下ろされると半ば勃《た》ち上がったものがまろび出て、一瞬羞恥を感じたけれど、胸をまさぐられるとすぐにそれどころではなくなった。

「……っ、ん、……、ん……っ」

クラウディオの指が乳首を掠め、疼《うず》く痛みに身じろげば、逃がさない、というように牙を立てられる。甘嚙みされてキアルは震えた。

胸もじんじんするけれど、なにより、勃起してしまった分身が湿っぽくもどかしい。クラウディオの手がウエストを摑むと、それだけで喜ぶように身体がくねった。

巧みに押さえ込んだクラウディオは、熱心に乳首に吸いついてくる。小さい突起を丹念に舌で転がし、嚙み、引っ張る。キアルがびくりと腰を浮かせると、彼のほうからも腰を押しつけてきた。

「……、ぁ、……ッ」

ごりっと硬いものが性器を刺激する。高くうわずった声が口をつき、かっと身体が熱くなった。うっとりしたような、媚《こ》びるような喘ぎにクラウディオが反応し、性急に握り込まれた。

「っ、い……っ、ぁ、……ッ、……んんっ」

強く擦《こす》られて声をあげかけ、キアルは刹那で呑み込んだ。痛い、などと言ったらクラウディオがやめてしまうかもしれない。遠慮なく食べてほしい、と考えて、意外とまだ冷静だな、とほっとした直後、大きく目を見ひらいた。

「クラウディオ様……っ、く、……ぅっ」

頭の位置をずらしたクラウディオが、股間のものを口に含んだのだ。そういう行為があって、なかなか気持ちがいいらしい、というのは知識として知っていても、されるのは初めてだった。そもそもキアルは、誰とも身体を重ねたことがない。これでももてるほうで、何度か女の子から告白されて、一緒に出かけたことはあるが、その先に至ったことはなかった。みんないい子だったのに、抱きあいたいとか口づけたいとか、離れたくないと思うような「恋」の感情を抱けなかったからだ。

それが今は、組み敷かれている。フォークの食料として、あのクラウディオに。

「ふ……ぅ、……っ、ん……っ」

初めての口淫は、気持ちいいというよりおかしくなりそうだった。ぬるぬるしていて熱いものにすっぽり包まれて、そこが溶けてしまいそうだ。じゅっと啜られると芯を痛痒《いたがゆ》さが駆け抜けて、腰がひくひくと上下した。なんとかこらえようと目をつぶり、下腹に力を入れたときには、もう遅かった。

「――――っ」

強く吸われ、射精の衝撃が全身を貫く。数度に分けて吐精するあいだは頭が真っ白になり、出しきってしまうとため息が出た。射精がこんなに快感だなんて初めてだ。四肢の感覚が曖昧で、そのとろける感じがたまらなく気持ちいい。

ぼうっと夢見心地になったキアルは、脚を広げられる感覚に目を開けた。クラウディオは唇の端についた精液を舐め取るところだった。恍惚《こうこつ》として味わう表情に、放ったものを全部飲まれたのだ、と気づいて、全身がさらに熱くなる。

（血だけじゃなくて……精も飲むの？）

半ば無意識に脚を閉じあわせようとすると、クラウディオがぐっと掴んできた。両膝を胸のほうへ持ち上げられて腰が浮き、下腹がぐにゅりと歪む。

小さく呻いてしまうのと、クラウディオが舌を這《は》わせるのが同時だった。じっくり味わうように嚢《ふくろ》の裏を舐め、皮膚のやわらかいところをたどって、後ろの孔《あな》へと舌先が移動する。そのまま、つぷりとぬめるものが差し込まれた。

「つぁ、……、ぅ、……あ、あっ」

そんなところまで、とショックを覚えたのもつかのま、キアルは未知の感覚に声を抑えられなくなった。

「ぅ……っぁ、……ん、……あ、あ……っ」

熱くて弾力のある異物が、窄《すぼ》まりを出たり入ったりする。ときおり強く唇が押しつけられ、襞《ひだ》ごと吸い上げられると視界がちかちかした。

自分でだって触れない場所だ。汚いと思うし恥ずかしいのに、閉じようとする襞を指で左右にひらかれ、ぐうっと舌を押し込まれると、身体が燃えるようだった。肌がひりつく。腹の奥が崩れていく錯覚がして、怖い、とキアルは感じた。

気持ちよすぎることが恐ろしい。尻を上げた不自然な体勢は苦しく、背中に当たる硬い床は痛いのに、全身を襲うのは紛れもなく快感なのだ。

「あ……っ、ぅ……っ、あ、……っ」

一度は萎えた性器が再び張りつめ、ぐしゅぐしゅと音をたてて窄まりの中を舐めほぐされると、あっけなく限界に達した。ぴゅっと精液が腹に飛び散り、クラウディオが満足そうに目を細める。彼は深く差し込んだ舌を抜くと、腹の上の白濁も丁寧に舐め取ってきて、さわさわと全身が痺れた。

「は……っ、んん、……ぁ、……っ」

二度射精した性器も、舐められた孔も敏感になって、濡れた部分に空気が当たるのさえ気持ちいい。

不規則に身体をひくつかせるキアルを見下ろし、クラウディオは長い舌で唇を舐めた。

摑んでいた太腿《ふともも》をさらに左右に押し広げ、片手で己の衣服をゆるめる。露《あら》わになった性器は人間のものとは思えない形状だったが、すでにぼんやりと意識がかすんだキアルは不思議に思わなかった。

ただ、入れられるのだ、と感じる。太くて大きくて、鱗《うろこ》のように細かく凹凸のあるあれが、キアルの身体を支配する。

いやではなかった。さっきまで怖かったはずなのに、それもクラウディオの表情を見ると消えてしまった。彼は熱っぽい顔つきで、キアルを見つめている。どこか幸福そうにも感じられ、見ているとキアルまでが幸せな気がした。

クラウディオが鋒《きっさき》を窄まりに当てた。ほぐれ具合を確かめるように浅く入れて一度引き、それからじっくりと押し込んでくる。

「――っ、は、……っ、ぁ、――」

はじめは舌を入れられたときのようにぬるぬると気持ちよかったが、すぐに不自然なほど拡張されて、ひきつれるように開口部が痛んだ。反射的に竦んだ内部がクラウディオの分身を締めつけて、異物感がいっそう際立った。

硬くて熱くて、粘膜がただれてしまいそうだ。クラウディオはあやすように小刻みに突いてきて、そうされると痛みがあるにもかかわらず、内襞がとろりとゆるんだ。その隙を見逃さず、ずん、と奥まで突き込まれれば、びくびくと腹が痙攣《けいれん》する。

「っふ、……、ぁ、……っ、ん、ぅ……っ」

重たいものが腹の内側を占領している。自在に行き来するそれはなおも奥をほしがるようで、動かれるたびに身体が変形していく気がした。

(や……壊れ、そう……っ)

かすんでしまった意識の片隅でそう思うのに、それは半分、嬉《うれ》しく感じられた。壊れるならそれもいい。きっと、クラウディオが食べやすいように変わる、ということだから。

「いい匂いだ」

低く、クラウディオが呟《つぶや》いた。ぎこちない手つきでキアルの頬《ほお》に触れ、そっと撫でる。

「どうしておまえはいい匂いで、こんなにうまいんだろう」

独り言のように小さな声をこぼしたクラウディオは、身体を倒すとキアルの唇の端を舐めた。いつのまにか唾液が垂れていたのだ。確かめるように控えめな舐め方に、キアルの身体の、深い場所がじんと震えた。

嬉しい。おいしいと思ってもらえてよかった。きっとすごく空腹だったのだろう。空腹だと心は沈むし、わびしいものだ。クラウディオはあのころと同じで、食べたくても食べられなかったのかもしれない。

もっと早く来ればよかった、と思いながら、キアルは彼の頬に触れ返した。

「たくさん食べていいですよ。おなかいっぱいになって……幸せだって、思えるまで」

クラウディオがおいしい、と言ってくれるなら、パンでも自分でもいいのだ。

会いたかった、という思いを込めて見上げると、クラウディオはせつなげに眉根を寄せた。顔を離しかけ、それでも結局、首筋に噛みついてくる。

「ぁ……っ、ぁ、……ッ、ぁ……ッ」

皮膚を破られ血を啜られると目眩がした。ゆるやかに回りながら、どこまでも沈んでいく気がする。それが気持ちよくて、自然と身体がそり返る。

わずかに息をつめたクラウディオが、血を飲むのをやめて腰を使う。ぐん、と奥を突き上げられて、キアルは知らず甘い声を放った。

「ぁッ、……ん、……っぁ、クラウディオ、さま……っ」

たまらなくいい。突き潰されて中から歪み、溶けていくのが嬉しくて、もっともっとされたくなる。

「あ……クラウディ、オさま……っ、も、もっと、……食べ、て……っ」

声に煽《あお》られたのか、クラウディオはキアルの太腿を掴み、速度を上げて穿ちはじめた。ぐちゅぐちゅと結合部が粘ついた音をたて、勢いでぐらぐらと頭が揺れた。

受け入れた窄まりはすっかり痺れて感覚がなく、かわりに擦られる内壁が、むずむずするほど気持ちいい。射精する瞬間を引き延ばしたかのような感覚で、そのうち声もあげられなくなった。

荒い息づかいだけが響く。クラウディオの息も上がっていて、力強く奥ばかり狙うと、一番深く差し込んだ状態で動きをとめた。中で射精しているのだ。

じんわりと、腹から胃に向けて湿り気が伝わっていくような気がして、肌がざわめく。時間をかけて放ったクラウディオはゆっくりと抜いて、キアルの身体はだらりと床に伸びた。

激しい疲労で、どこにも力が入らない。身体を離したクラウディオが我に返ったように険しい表情になっていくのは見えていたが、大丈夫ですと言うこともできなくて、キアルは諦めて目を閉じ、意識を手放した。


目覚めると、顔の上には白い朝の光が差していた。やわらかく寝心地のいい寝台に自分が寝かされていることに気がついて、キアルは数度まばたきした。

耳を澄ませたがほとんど音がしない。身体を起こすとひどくだるく、頭から血の気が引くのがわかった。風邪のひきはじめのような感じだ。

浅く息をつくと、離れた場所で女性が振り返った。貴族の館で見るような、黒い服に白いエプロンをつけた使用人の格好をしていた。

「お目覚めになりましたか。ご気分はいかがですか？」

「——、悪くは、ないです。……あの」

女性はキアルの母ぐらいの年齢に見える。丁寧に話しかけられることに戸惑って、周囲を見渡した。

「ここはトルタ宮の中にあるお部屋ですよ」

女性は近づいてくると、穏やかな表情で説明してくれた。

「聞きたいことがあればこのデメルになんでもお聞きくださいね。必要なもの、ほしいものがあればご遠慮なくどうぞ。まずは朝食をいかがですか？」

「朝ごはん嬉しいです、ありがとうございます」

重い身体を叱咤《しった》して寝台から下りようとし、自分が寝巻姿なことにキアルは驚いた。庶民は寝巻なんて着ない。しかも着せられているのは裾こそ長いものの、下衣がなくて女性用のようだ。床に揃《そろ》えられていたのは靴ではなく、これも貴族が使うような、ふかふかの内履きだった。

「あの、着ていた服は、どこにありますか？」

「あちらの棚にたたんでありますよ。ボタンが取れたりほつれたりしていたところは直してあります」

デメルの返事に、キアルは棚に歩み寄って確かめ、胸を撫で下ろした。この服は粗末な着古しだけれど、キアルにとっては大事なものなのだ。

部屋は広やかで、大きな窓からたっぷりと日差しが入っている。壁には絵画が飾られ、淡い灰色の石の床には絨毯《じゅうたん》が敷かれていた。テーブルは真っ白な木材で、四本の脚に飾り彫りが施された贅沢品《ぜいたくひん》だ。

豪華さに圧倒されているあいだに、デメルとは別の使用人が二人、朝食を運んできた。スープにパン、果物、卵料理、ソーセージ、豆の煮込み。かるく四人分はありそうな量をテーブルに並べた彼らは、お礼を言う暇もなく下がっていく。
「さ、どうぞ」

椅子を引いてすすめたデメルがにっこりした。

「クラウディオ様からは名前をお聞きしていないんです。なんとお呼びいたしますか？」

「名前はキアルです。でも、できたら普通に話してください。僕はただの平民なので、丁重にされると申し訳なくて……椅子なんて、引いてもらったことないし」

立ったままキアルが困り顔を向けると、デメルは目を丸くしたあと、声をたてて笑った。

「あらまあ、だったらあなたも普通に話してちょうだいな、キアル。——これでいい？」

「うん、ありがとう、デメル」

優しそうな人だ。ほっとして座った途端、尻から鈍痛が広がって、キアルは顔をしかめた。どうかした？　と聞いてくれるデメルに、首を横に振る。

お尻の孔が痛い、だなんてとても口には出せないが、痛みのおかげで、昨日あったことがはっきりと思い出された。

（——僕は、クラウディオ様に食べられたんだ）

首に触れると、そこもわずかに痛む。変にだるいのもあの行為のせいだろう。自分がケーキだったのだと実感が湧いて、なんとなくそわそわした。急に頼りない存在になったようで、心細い。

キアルはこれまで、ケーキを直接見たことがなかった。ケーキの数はフォークより圧倒的に多いというが、暮らしている町では、自分はケーキだと公言する者はいなかったのだ。

それもそのはずで、世間でのケーキの扱いは、半分憐れみ、半分蔑《さげす》みの対象で、おおっぴらには話題にできない存在、といったところだ。かつてフォークが神聖な畏敬の対象だったころは違ったかもしれないが、現在は彼らでさえあまり歓迎されない存在だ。そのフォークにそなえられる生贄《いけにえ》で、性的な道具でもあるケーキは、尊ばれるはずもなかった。可哀想《かわいそう》に、と口に出す人だっているし、自分ならケーキだなんて絶対にいやだと言う人もいる。

キアルは少しだけ羨《うらや》ましいと思っていた。クラウディオがフォークだとわかったあとだ。もし自分がケーキだったら会いにいく口実になると考えていたのだが、まさか本当にケーキだったなんて、夢にも思わなかった。

（うちの町だってたまに聖騎士の人が通るのに、みんな僕に気がつかなかったのかな）

クラウディオや昨日の聖騎士は匂いを気にしていたから、彼らだけにわかる体臭の違いがあるようだが、直接話せるくらいの距離でないと、フォークにも嗅ぎ分けられないのかもしれない。

自分がケーキだったことは驚きだが、いやではない。それでも、昨日までの自分とはすべてが変わった気がした。

空腹なのに目の前のスープに手をつける気分になれず、横に控えたデメルを見上げる。

「ここはクラウディオ様の部屋？」

「いいえ、トルタ宮はクラウディオ様のために建てられた、殿下のケーキ専用の建物なの。昨日、クラウディオ様がご自分でキアルを運んできて、城にいるあいだはここで過ごさせる、とお命じになったのよ」

デメルはお茶を注いでくれた。

「明日また様子を見にくるとおっしゃっていたから、昼までにはお見えになるんじゃないかしら」

「……デメル、なんだか嬉しそうだね？」

「だって、あんな殿下は見たことがないんだもの。わたしはね、クラウディオ様がうんとちっちゃいころから、乳母と一緒にお世話をしてきたのよ」

感慨深そうに、デメルはふっくらした指を胸に当てた。

「フォークだとわかってクラウディオ様がご自分にがっかりしたことも知っているし、なるべく普通の人と同じでありたい、と思ってらっしゃることもわかるの。お気持ちはわかるんだけど、でもね、人間が鳥にはなれないように、フォークの性質は変えられないものだもの。クラウディオ様はほとんどケーキを召し上がらないんだけど、本当におつらそうで、胸が痛かったわ。せっかく王が造ってくださったこの建物だって空っぽのままで、そのうち倒れてしまうんじゃないかと心配でね。大事そうにケーキを運んでくるなんて初めてだから、びっくりしたし、安心もしたのよ」

「そうだったんですね」

キアルは昨日のクラウディオを思い出した。あんなにも苦しそうだったのは、過度に空腹だったからだ。

（僕の血で、少しは楽になったかなあ）

首筋の傷を撫で、もっと食べてくれてもよかったのに、と考えると、キアルの中にほんのりと誇らしさが芽生えた。

そうだ。自分はケーキなのだから、思い出のパンより確実に、クラウディオを楽にしてあげられる。

黙ったキアルに気づいて、デメルが慌てて取りなした。

「ごめんなさいね、あなたにはひどい話よね」

「ひどい？　どうして？」

「どうしてって――」

デメルが言葉につまったとき、ノックの音が聞こえた。使用人が顔を出し、「殿下が」と言い終える前に、クラウディオが入ってくる。両腕に、大きな白百合《しらゆり》の花束を抱えていた。まっすぐにキアルに歩み寄った彼は、立ち上がろうとするキアルを制して、気まずげな表情でそれを差し出した。

「おはよう。気分はどうだ」

「おはようございます。よく眠れたから、大丈夫です。……これ、僕にですか？」

受け取った花束はずっしりと重かった。クラウディオは黙って頷《うなず》いたが、キアルは花なんて、もらってもどうすればいいかわからない。困惑していると、デメルが助け舟を出してくれた。

「活《い》けて飾りましょうね。お部屋が明るくなりますよ」

キアルから花束を引き受けて、彼女はさりげなく離れていく。クラウディオは緊張した面持ちで咳《せき》払《ばら》いした。

「昨日はすまなかった。あんなふうにおまえを喰うべきじゃなかった。普段なら、絶対にあんなことはしないんだ。一度喰らえばひと月は耐えられるから、あと十日は不要なはずだし、喰うにしたってもっと少量でいい」

視線は微妙に逸《そ》らされていて、いたたまれなさそうな口調だった。そんなに食べないのか、とキアルのほうが心配になる。

「ひと月に一度は少なすぎませんか？　聖騎士の人が、一週間に一度でも足りないようなことを言っていましたよね。デメルも、クラウディオ様がいつも我慢してるって心配してました」

「デメルは俺が子供のころからの侍女だから、過保護なんだ。もう大人だ、自分のことは自分で把握している。——おまえも、身体が休まったら家に帰れ。報酬の金はあとで届けさせる」

そう言うと、クラウディオは踵を返した。キアルは咄嗟《とっさ》に追いかけて、彼の袖を摑んだ。

「待って！」

ぎくりとしたようにクラウディオが振り返って、ようやく目があった。きゅっと心臓に痛みを覚えて、キアルは言葉を探した。

「その……僕は、おいしくなかったですか？」

たしか昨日は「うまい」と言われた気がしたけれど、もう味に飽きただろうか。せっかくケーキだと判明したからには、しっかりがっつり、何度だって食べてもらいたいところだ。

クラウディオはすぐに視線を外した。

「おまえの味の問題じゃない。フォークに喰われるのは負担が大きいと、昨日よくわかったはずだ。大丈夫だと言ったが、足がふらついてるぞ」

「これは——すぐ、よくなります」

「日々の生活が貧しくてつらいなら、十分暮らせるように取り計らってやるから、安心しろ」

「うちは裕福じゃないけど、困ってはいません。それより、フォークはケーキを食べないと生きていけないんでしょう？」

「そのとおりだが、おまえに無理を強いるつもりはない」

顔も背けて、クラウディオはキアルを押しのけた。無理じゃないです、と言おうとして、キアルは頑《かたく》なクラウディオの横顔に言葉を変えた。

「でしたら、十人くらいトルタ宮に住んでもらったらどうでしょう？　デメルに、ここはクラウディオ様のケーキのための建物だと聞きました。大勢で順番にすれば、ケーキも負担に感じにくいと思います」

だいたい、キアルが知っている——世間で言われているフォークというのは、屋敷に何人もケーキを住まわせているものだ。その理由が、実際に体験してみれば、とてもひとりでは賄えないからだ、とわかる。キアルだって、なるべく役に立ちたくても、あんなのを毎日は無理だ。

必要だから、複数人揃える。クラウディオもそうすればいい、と思ったのだが、彼は不快そうに眉根を寄せた。

「俺に乱行に耽《ふけ》ろというのか？」

「だって、ケーキに無理をさせたくないって言うなら、何人かいないと困りますよね？」

食事なのだから、乱行とは言わないだろう。キアルが首をかしげると、クラウディオはさらに眉間の皺《しわ》を深くして、「いやだ」と吐き捨てた。

「食べたくない。食事は好きじゃないんだ」

ふっと胸があたたかくなった。クラウディオの口調はあの日にそっくりだ。

「好きじゃなくても、おなかはすくでしょう？　口に入れてみたら案外おいしいこともあるんだから、食べたほうがいいです」

「僕もその子に賛成だなあ」

のんびりした声が割り込んで、キアルはどきりとした。扉から顔を覗かせていた男が、キアルと目があうとにっこりして入ってくる。デメルは慌てたように部屋を出ていってしまった。

昨日の聖騎士と同じ華やかな緋色の服をまとった身体はすらりとしていて、淡い色の髪からは大きな耳が突き出ている。背後ではたっぷりと膨らんだ尾が、美しい銀色に輝いていた。狐《きつね》のフォークだ。

ごく愛想よく微笑を浮かべ、令嬢にでもするようなお辞儀をしてよこす。

「初めまして。僕はゼシウス、クラウディオたちの従兄《いとこ》で、見てのとおりベスティアだ」

「ベスティア？」

「きみたちの言い方ではフォークのことだよ。正しくはベスティア、というのさ。僕は通称が好きじゃなくてね」

さらりと肩を竦める仕草まで洗練された男だった。キアルが名乗り返そうとするのを無視して、渋面のクラウディオの顔を覗き込んだ。

「食わず嫌いばっかりしていたら、ローレンスだって悲しむよ。兄を安心させてやるのも、弟の務めじゃないのかな」

「勝手に入るな、ゼシウス」

かろやかな男の口調に対して、クラウディオは歯切れが悪かった。顔は不機嫌で、豹の長い尻尾は苛立《いらだ》たしげに大きく揺れている。ゼシウスはその肩に、親しみを込めて腕を回した。

「昨日集まったケーキも追い返したって聞いて、ローレンスはがっかりしていたよ。見ている僕までせつなくなるようなため息をついてさ。でも、ひとりだけ気に入ったのがいたみたいだって教えてあげたら、こう、ぱあっと薔薇《ばら》がひらくような笑顔を見せてね。午後にはきっと、おまえに会いにくる」

「——べつに、気に入ってない」

「トルタ宮まで自分で持ってきたのに？　……わかったわかった、気に入っていないってことでいいよ、怖い顔するな」

ゼシウスはクラウディオに睨まれておどけたように両手を上げ、ちらりとキアルを見た。

「なかなかいい匂いのケーキじゃないか」

さわっと背筋が冷たくなって、キアルは後退《あとずさ》りしそうになった。華やかで甘い顔立ちのゼシウスは、目だけが怖いほど冷ややかだ。そのせいで、笑顔もひどく排他的に見える。

拒絶されているみたいだ、と思ったが、再びクラウディオへと視線を向けたゼシウスは、一転して心配そうな表情だった。

「クラウディオが食事を警戒する気持ちはわかるんだよ。食糧のはずのケーキが短剣を振り回したのは先月の話だし、その前は食べたクラウディオが死ぬように自分で毒を飲んでいたしね」

「そんなことがあったんですか？」

びっくりしてつい声を出してしまうと、ゼシウスは頷いた。

「クラウディオがサモーラを片づけたことは、きみも知っているだろう？」

「はい、噂で——クラウディオ様が王の愛妾を殺したって」

「あの女はとんでもないわがままでね。贅沢をしてかしずかれたいがために、自分が王の子を産んで、その子供を次の王にしたいと考えたのさ」

ゼシウスは椅子を引くと腰掛けて、りんごをひとつ籠から摑んだ。

「そのためにはローレンスとクラウディオが邪魔だっていうんで、あの女は酒に毒を仕込んだ。王と王子二人が揃った晩餐《ばんさん》の席でだ。そこでなら、普段は人間の食べ物を口にしないクラウディオも、酒を飲むからね。ベスティアにはちょっとの毒じゃ効かないけど、ローレンスは危なかっただろう。気づいたクラウディオが飲むのをとめたから助かったんだ。実際に毒を入れたのはサモーラの侍女で、もちろんあの女の命令だったのに、言い逃れするどころか、兄弟が揃って自分を陥れようとしていると王に泣きついたりしたから、クラウディオが怒ったんだ。父を誑《たぶら》かすなってね。そしたらどうしたと思う？　サモーラは隠し持っていた短剣で、ローレンスを刺そうとしたんだよ」

おかしそうにゼシウスは笑い声をあげ、手の中のりんごを転がした。

「王の前でそんなことしたら寵愛だってなくなるのに、馬鹿な女だよね。王があんなのに入れ上げることに、みんないい顔をしてなかった。クラウディオがあれを片づけたのは、だから誰も文句はないのさ。ただ、怒りのあまりクラウディオが獣の姿になったのが、貴族たちは気に入らなかったみたい」

クラウディオは思い出したくないというように、険しい顔をしている。それでも、ゼシウスが話すのをとめようとはしなかった。

「一件のあと、王はうちひしがれて病人みたいになって、今はローレンスがほぼ王のかわりを果たして、クラウディオはそれを助けている。それに対して一部のやつらが、王子といえどフォークが国政にかかわるのは不安だ、と言いはじめたんだ。ベスティアは強く大きな感情を抱くと獣に変わる。これから先、なにかあるたびにいちいち獣になられては困る——と言うんだね。幽閉しろ、と進言されて、ローレンスはそれに賛成しなかった。クラウディオのためにケーキをなるべく用意しようと、時期を早めて集めることになったのは、表向きは王の命令だけど、ローレンスの意向なんだ。欲深な連中は困ってしまった。ベスティアだから恐ろしい、というのは結局、ほとんど口実だからね。彼らが本当に恐れているのは、クラウディオの能力だ」

ゼシウスは握っていたりんごをテーブルに置き、もうひとつのりんごを寄り添わせてみせた。

「次に王になるのはもちろん、兄であるローレンスだ。でも、ローレンスは気弱な性格でね。優しくて愛情深いけど、王というのはそれだけでは務まらない。自分でもそれをよくわかっているから、いつもクラウディオを頼るんだ。クラウディオは頭もいいし、決断力もある。身勝手な貴族の横暴は許さないし、ベスティアだからもちろん強い。ローレンスはそんな弟を妬むことなく、自分が王になっても彼を補佐役として、よい治世を築きたいと考えている。賢明なことだと僕なんかは思うのに、兄弟仲良く、立派に国を治められると具合が悪いという連中もいるんだ。王は愚鈍で言いなりになるほうが、彼らにとっては都合がいい。好きなように権力を握って金儲《もう》けできるだろ？」

「じゃあ、目障りだと思う人が、クラウディオ様を殺そうとしているってことですか？」

キアルがそう聞くと、ゼシウスは満足そうに頷いた。

「きみにも理解できてよかったよ」

「でも……昨日僕が城に入るとき、ずいぶん簡単でした。荷物も取り上げられなかったし、ケーキかどうか検査をされるのかと思ってたら、そのまま連れていかれそうになったんです」

クラウディオの命が狙われているなら、もっと警戒していてもいいはずだ。ゼシウスは楽しそうに笑い声をたてた。

「そうしろと言ってあるんだ。ケーキかどうかは匂いでわかるし、ケーキが十人まとめて襲ってきたって、僕らベスティアにかなうわけがないからね。それに、ケーキが自分の意思でクラウディオを殺そうとするわけがない。どうせ誰かの命令か金をもらってるかだから、不埒《ふらち》な輩《やから》を炙《あぶ》り出すために、わざと入りやすくしてあるのさ。おかげでもう六人かな？　処分できてる」

だいぶ綺麗《きれい》になったよ、と言ってから、ゼシウスは立ったままのクラウディオを案じるように見上げた。

「でも困ったことに、狙われるようになってから、クラウディオがよけいに食事をしないんだ。ベスティアは強靭だとはいえ、飲まず食わずで永遠に生きられるわけじゃない。ローレンスも僕も、いつも心配してるんだけど……」

キアルも心配だった。二人分の視線を受けたクラウディオはため息をつく。

「自分を殺そうとしたケーキは論外だし、ほかのケーキも食べたいとは思わない、食欲がないと説明しただろう」

「選《え》り好みするのが悪いとは言わないよ。好みにうるさいベスティアはきみだけじゃない」

宥《なだ》めるように言ったゼシウスが、得意げににっこりした。

「でも、このケーキはおいしかったんだろ？　しっかり食べたようだと報告を受けたよ。いやあ、よかったよかった。この子は純粋な気持ちで来てくれたみたいだし、味も好みだなんて最高だ。これなら、クラウディオも『食べたくない』とは言わないね？」

念を押されたクラウディオは言い返そうとしてできず、苦い顔をした。

「……とにかく、いらない」

「またそんな、子供みたいなわがままを言うんじゃないよ」

ゼシウスは呆れた様子でたしなめると、ふと思いついたようにキアルのほうに手を伸ばした。

「いらないなら、僕がもらおうかな。僕はケーキがいくらいてもいい。みんなが幸せに、楽しく過ごせるのが一番だからね」

優雅な指が顎にかかって、するりと喉を撫でた。それだけで身体が強張って、キアルは息を呑んだ。女性に騒がれそうな甘やかな容貌のゼシウスは、機嫌よく微笑んでいるだけだ。指に力は込められていないし、昨日の聖騎士のように飢えた様子もない。なのに、動けない。

かすかに震えたキアルの頬を、ゼシウスが優しく撫でた。

「僕の屋敷に来たらすごく幸せになれるよ。食事も着るものも贅沢をさせてあげるし、うちではすべてのケーキを宝石で飾っているんだ。綺麗にしていたほうが僕も楽しいし、ケーキも嬉しいだろう？　僕の食事のときには天国を見せてあげる」

つうっと唇をなぞられて背筋が冷たくなり、いやだ、と思うと逆に動けるようになった。首を振ってゼシウスの指から逃げる。

「僕はクラウディオ様の役に立ちたくて城に来ただけですから、贅沢とかはいりません」

きっぱりした口ぶりが意外だったのか、ゼシウスが呆気《あっけ》に取られた顔をした。まじまじとキアルを見つめたあと、思わずといった様子で噴き出す。

「すごいねえ、きみ。僕に見つめられて断れるケーキなんて、めったにいないのに。――ほんとに、食べてみたくなったな」

すうっと目が細まったかと思うと、今度こそ息ができなくなった。一瞬前には笑っていたはずのゼシウスが、酷薄な支配者の表情を見せている。圧倒的な強者の気配を漂わせた彼の、冷たい目の奥にあるのは、欲望というより苛立ちに感じられた。

喰われる、と思った途端、背中から熱が包み込んだ。

「あまり脅すな、ゼシウス」

低い、機嫌の悪そうなクラウディオの声が耳元で響く。

「おまえも聖騎士の一員だ。昨晩喰ったんだろう？　規則は守ってもらう」

彼の全身に警戒と怒りが満ちているのが、抱き込まれたキアルに伝わってくる。なにが気に障ったのかキアルにはわからなかったが、明らかに、燃えるように、クラウディオは怒っていた。

「――自分が偏食で少食だからって、仲間にも無理強いするのはよき長《おさ》のすることじゃないけどね」

ゼシウスもクラウディオが本気で腹を立てていることに気がついたのか、ため息をつくと退いた。

「食欲をコントロールするのは悪いことじゃないと思うから、反対はしないよ、聖騎士長様。でも、きみがいらなくなって放り出すなら、僕がもらってもかまわないんじゃない？」

「放り出すとは言ってない。しばらくはここに住まわせる」

怒りの気配をゆるめることなく、クラウディオは顎を動かして扉を示した。

「出ていってくれ。こいつの食事がまだなんだ」

「わかったよ。ちょっとした冗談にそんなに怒らなくてもいいじゃないか。……なんにせよ、ケーキをトルタ宮に入れる気になったなら、僕も安心だよ」

最後はまたにっこりしてみせて、ゼシウスが去っていく。彼が見えなくなると、クラウディオは忌々しそうに呟いた。

「あいつ、またああやって……すぐ人をいいように操る」

たしかに、ゼシウスがキアルに興味があるふりをしたせいで、クラウディオはキアルをここに滞在させると明言したのだ。

（怖いと思ったけど、ゼシウス様はクラウディオ様のことを本当に心配してるんだろうな。悪い人じゃなさそう）

ようやく抱えられていた腕が離れて、キアルは振り返った。クラウディオは不機嫌な表情のままだったが、キアルと目があうと「すまない」と謝った。

「ゼシウスは母方の従兄なんだ。聖騎士団の副長を務めていて、俺の兄とも仲がいいし、同じフォークとして俺を案じてくれている。おまえには無礼に思えるだろうが、許してやってくれ」

「無礼だなんて、思ってないです」

キアルのほうが驚いてしまった。貴族や金持ちの商人は威張っているのが常だ。彼らは平民に対してどんなに横柄な振る舞いをしても謝ったりしないのに、もっと身分が高いクラウディオが気にしてくれるとは思わなかった。それに、同じ身分だったとしても、キアルはゼシウスに言われたことを、失礼には感じなかった。

クラウディオは首を横に振った。

「怖がっていただろう？　ゼシウスもしばらくすればおまえのことを忘れると思うから、なるべく早く家に帰れるようにする。おまえのことは決して傷つけないと誓うから、それだけは安心してくれ。足りないものがあればデメルに言うといい」

そう言うと彼はすぐに背を向けてしまい、キアルはもう一度、袖を摑んでとめた。

「クラウディオ様はもう朝食はすみました？　よかったら、少しだけでも一緒に食べませんか」

怪訝《けげん》そうにクラウディオが振り返った。

「おまえ、フォークが普通の食事を好まないと、知らないのか？」

「知ってます。でも、ケーキがいれば食べることもあるって聞きました。だから僕、パンを焼いたら食べてもらえるかもしれないと思って来たんです」

「いや……」

言いづらそうに視線を逸らしてから、クラウディオは思い出したようにキアルの顔を見直した。

「そういえばおまえ、昨日もやたらパンがどうこう言っていたな」

「だってクラウディオ様、パンはお好きでしょう？　これなら絶対食べられると思って焼いて鞄に入れてきたんですけど――昨日、どこかにいっちゃいましたよね」

「鞄なら、たぶん聖堂に保管されているはずだ。おまえの持ち物は、勝手に捨てるなと言ってある。だが……なぜ俺が、パンが好きだと？」

クラウディオの豹の耳は目立たない。それがぴんと立って、まっすぐに自分のほうを向いていることに、キアルは気がついた。深い紅の瞳が、見極めようとするように、あるいは思い出そうとするようにゆっくりとまばたきする。キアルは踵《かかと》を上げた。

「おいしいって、言ってくれました。今日もおまじないがあれば、食べられますよ」

幼い子供にするように、クラウディオの顔に両手を添えて額に唇をつける。ごくかるく、お祈りで拳《こぶし》にするようなキスだ。

「これがおまじないです。――なあんでも、おいしく食べられるようになあれ」

この歳《とし》になってさほど年齢の変わらない相手にするのは気恥ずかしかったが、おかげで、クラウディオの目が大きく見ひらかれた。

「おまえ……あのときの」

「覚えててくれましたか？」

キアルはほっとして、無防備に驚くクラウディオを見つめた。

「そうです。あのときの、パン店の息子です」

キアルが七歳のときだ。その日、キアルはうちひしがれて、町外れの丘にのぼっていた。

山と海に挟まれた小さな町は、かつては宿場町として栄えたのだという。しかし新しく街道が整備されると、旧道沿いにあるこの町を通る人はほとんどいなくなった。

キアルの家は、そんな寂れた町の片隅にある、小さなパン店だった。おいしいパンを売っているのだが、客は全然入っていない。両親はいつも日が暮れると売れ残りの山にため息をつき、それでも毎朝早起きしては、新しくパンを焼く。もしかしたら誰か来るかもしれない、その人に焼きたてを食べてほしいから、と言って。

客が来ないのが自分のせいだと、キアルは知っていた。キアルが「渡《わた》り虫《むし》」の子だからだ。

渡り虫は定住しないならず者たちだ。グラエキアだけでなく、大陸中の国を転々としながら、物品を奪ったり人をさらったり、戦利品を売り払ったりして生きている。

渡り虫がやってきたとき、どこの町でも人々は諦めるのが常だ。地主や貴族は彼らを歓迎するからだ。渡り虫は商人の用心棒になったり、地主に雇われて山賊を退治したりもするため、金持ちには重宝されていた。渡り虫も私欲で人を殺すことだけはしないので、おとなしく受け入れ、ある程度のものを渡して穏便にすませるのが、一番被害が少ないのだった。

彼らは気まぐれで、ある町ではまったく奪わず、かわりに楽しい曲芸を見せ、変わった品を売ってくれたりもする。渡り虫からしか買えないものや技術、情報もある。けれど機嫌を損ねてしまえば、建物を壊され、農作物を根こそぎ奪われてしまうこともあった。

どうなるかわからないから、平民にとっては来ないでほしい存在だ。

この町にはもう長いこと、渡り虫は来なかったらしい。それがある日、急にやってきた。彼らはなにも奪うことなく、かわりに町外れのパン店に、子供をひとり置いていった。

それがキアルだった。渡り虫が子供を、しかも対価を取らずに置いていくなんて聞いたことがないと、町の人たちは不審がった。この町を乗っ取るつもりじゃないかとか、実はパン店を営んでいる夫婦が渡り虫の仲間だとか、キアルがなにかの目印かもしれないとか、いろんな噂が立った。ここは寂れているけれど、のどかで平和な町だ。人々が望んでいるのは新しい技術や高価な品ではなく、昨日と同じ、のんびりと穏やかに過ごせる明日だった。

そういう人々が、キアルがいたらまた渡り虫が来るかもしれない、と恐れたのは仕方がないことかもしれなかった。皆はキアルを受け入れず、彼を拾ったパン店の夫婦を非難し、店には寄りつかなくなった。二年前のことだ。

キアルにとってはいたたまれない二年だった。

キアルがこの町に連れてこられたのは五歳のときだけれど、その前の記憶はなぜか曖昧で、どこを旅していたか、どんな人と過ごしていたか、ほとんど思い出せなかった。ぎこちなくて口数も少ないキアルに、パン店の夫婦は優しかった。もう大丈夫、これからはわたしたちが両親だからねと言って、毎日世話をしてくれた。キアルは嬉しかった。父親も母親もいなかった気がするから、親だと言ってもらえてほっとしたし、皿を落としてしまったり、つまずいて転んだりしても怒られない。嬉しくて、ここに来られてよかったと思ったのに——自分のせいで、両親につらい思いをさせているのが悲しい。

足が悪い父や左手が不自由な母を手伝うだけではとても足りない。両親のためになにかしたい、とずっともどかしくて、それが今日はうまくいけば、お店に客が来るきっかけになるかもしれない日だった。

町は今、初めてやって来るお妃様《きさき》と王子の一行を歓迎して、お祭りのように盛り上がっている。一行は王子のために、旧街道でしか行けない、歴史ある小さな保養地に向かうのだそうだ。午前中には到着したお妃様たちのために花が撒《ま》かれたし、午後のお茶の時間には地元の店のお菓子が提供されるという。明日には王子がお妃様と一緒に町を散策するとかで、寂れた町が活気づくきっかけになるかもしれないと、どの店も勇んでいた。——キアルの両親の、パン店以外は。

草が伸びはじめた丘の上に座って、キアルは籠にかけた布を取った。いくつも並んでいるのは両親特製の、三日月のかたちのパンだ。生地とバターを何層にも重ねて折りたたんで作るので、さくさくして香りがいい。これなら誰だって「おいしい」と喜んでくれるはずだから、ぜひお茶の時間に、お妃様たちに差し上げてほしいと頼むつもりだったのに、訪ねていった領主の館の前で、町の人たちに追い払われてしまった。

「渡り虫が作ったものなんか、食べてもらえるわけがないだろう。万が一にも町の印象が悪くなったらどうするんだ」

でも、とキアルは言おうとした。両親だってお妃様たちが来て嬉しいと思っています。みんなで歓迎するはずが、どうしてうちだけ、会合にも呼んでもらえないんですか。

そう訴えるよりも早く乱暴に突き飛ばされて、パンが二つ、籠からこぼれた。

「まったく、渡り虫は子供でも図々《ずうずう》しい」

突き飛ばした男は顔をしかめて「それは拾って帰れよ」と言い放ち、足早に領主の館の敷地に入っていった。門番がしっかりと門を閉ざしてしまい、キアルは彼らに頼むのを諦めて、落ちたパンを拾った。

籠には戻せなくてポケットに入れ、あてもなくとぼとぼと歩き出す。家には帰れなかった。領主様のところに持っていってみるよ、とキアルが言ったとき、両親はやめておきなさいと悲しそうな顔をした。言うことをきかずに飛び出してきて、やっぱりだめだった、とは伝えられない。

仕方なく、キアルはこの丘にやってきたのだった。

帰ったら二人にはなんて言おう。籠のパンは全部食べて、受け取ってもらえたと嘘《うそ》をつこうか。でもきっとすぐに、嘘は見抜かれてしまうだろう。母はキアルの小さな嘘を見逃したことがないのだ。やんちゃな子供たちに突き飛ばされて怪我《けが》をしたときも、服をからかわれて悔しくて泣いたときも、なんでもないよと言うキアルを抱きしめてくれる。「ごめんね」と謝られると悲しいのに、背中を撫でてもらえると、大切にされていると感じて身体があたたかくなった。父は黙って、キアルの好きな甘い牛乳や、砂糖をまぶしたパンを用意してくれるのだ。

大好きな、自慢の両親。優しくしてもらえて、子供にしてもらえて幸せなのに、キアルは彼らに迷惑しかかけていない。

「僕がいなかったら、お店のパンは今ごろ大人気だよね」

ぽつんと独り言をこぼすと、いっそうせつなくなった。やっぱり自分は、あの家から出ていったほうがいいんじゃないだろうか。夜になるまでここにいて、暗くなったらこっそりと道をたどって、渡り虫たちを探すのだ。彼らのところに戻るのは気がすすまないけれど。

あふれてくる涙を拭い、くすんだピンク色のシャツの襟を引っ張ったとき、かさかさと草を踏み分ける音がした。ここにはめったに人が来ない。どきりとして見ると、斜面から姿を現したのは、見たことのない男の子だった。

歳はキアルよりもいくつか上で、領主の息子のように真新しい、豪華な生地の服を着ている。整った顔立ちで、なかでも宝石みたいな黒い目が印象的だった。

身綺麗な格好と見覚えのない顔にびっくりして、キアルは声が出なかった。相手も驚いたようで目を見ひらいていたが、すぐに気まずげに踵を返してしまった。

「待って！」

咄嗟に呼びとめたのは、彼が王子の友達だと思ったからだ。こんなに上等な格好の男の子なんて町にはいない。

「お妃様たちと一緒に来たんでしょう？　王子様のお友達？」

振り返った男の子は、警戒するように眉をひそめた。彼に向かって、キアルは籠を突き出した。

「ねえ、よかったらこのパン食べて。すっごくおいしいから！」

「――」

「絶対絶対おいしいから。うちの店で作ってる、僕も一番好きなやつなんだ。きみが食べてもおいしかったら、王子様にも届けてくれない？」

夢中だった。男の子の袖を強く摑むと、彼は困ったようにキアルの手と籠とを見比べた。

「……悪いが」

大人みたいな落ち着いた声とともにそっと手を外されて、じわりとまた目縁がにじんだ。

「やっぱり、気味が悪いから？」

「気味が悪い？　いや、そうじゃないが」

「じゃあなんで？　ほら、おいしそうでしょ？」

籠を開けて見せると、男の子はよけいに困ったようだった。しばらく悩み、キアルと同じ高さに目線を揃える。

「たしかにおいしそうだ。でも俺は、なにを食べても味がわからないんだ。だから、おまえの役には立てない」

「味がわからないって……風邪でもひいたの？」

高い熱が出たあとに、キアルも匂いや味がわからなくなったことがある。男の子は首を横に振った。

「違うが……そうだな、似ているかも。わかるときもあるんだ。でも、今日は味がしない。味がしないと、食べるのがすごくつらい」

「そっか。それは、いやだよね」

キアルはがっかりして肩を落とした。籠からパンを摑み、一口食べてみる。バターの匂いと香ばしい小麦の味がいっぱいに広がって、「おいしいのになぁ」と呟いた。

「みんなにも、食べてもらいたいのに」

と、ぐぐぅ、と豪快な音が男の子のおなかから響いた。見るまに男の子が赤くなる。

「……味がわからなくて、食べるのがつらくても腹は減るんだ」

恥ずかしそうに言い訳する姿に、キアルはつい笑ってしまった。お金持ちでもおなかが鳴ったりするのだ、と思うと親しみが湧く。

「おなか減ってるなら、一口だけ食べてみない？　おまじないもしてあげるからさ」

キアルは腰を下ろして、隣へと男の子を手招きした。彼はためらったものの、半端な間隔をあけて座ると首をかしげた。

「おまじない？」

「僕が玉ねぎと青豆が食べられなかったとき、母さんがやってくれたんだよ」

パンをひとつ男の子に渡して、キアルは両手で彼の頭を支えた。こうやってやるんだ、と説明しながら、おでこにちゅっと口づける。

「なあんでも、おいしく食べられるようになあれ」

「——子供騙《だま》しか」

男の子は落胆したようにため息をつき、キアルはむっとして指を突きつけた。

「子供騙しかどうかは食べてみてから決めてよ。僕がやってもらったときは、ちゃんと効いたんだぞ」

「……もし効果がなくても、また泣いたりするなよ」

「泣いてない！」

なるべく泣かないようにしているのだ。両親を心配させたくないから。

抗議したキアルに男の子はもう一度ため息をつき、じっとパンを見つめた。それから意を決したように、がぶりと嚙みつく。ちぎれたパンが唇の奥に入っていき、咀嚼《そしゃく》されるのをキアルは息をとめて見守った。

ごくん、と飲み込んだ男の子は、信じられない表情だった。

「――おいしい」

「でしょ！」

ぱあっと嬉しさがはじけた。お世辞ではない証拠に、促さなくても男の子は残りを平らげてくれて、キアルは誇らしい気持ちになった。

「うちの店、世界一おいしいと思うんだ。この三日月パンもだけど、ほかのパンだってすごくおいしいんだよ」

「たしかに、俺が食べた中でも一番うまかった」

「ほんと？　よかった！　……でも、こんなにおいしいのに、お客さんが来ないんだよね」

もったいないとしみじみ思う。ついこぼれた愚痴に、男の子は気遣うような視線を向けてきた。

「なぜ客が来ない？」

「それは、」

僕のせいだ、と打ち明けるかどうか迷って、キアルは男の子を見つめた。綺麗な顔だと改めて思う。きりっとしているけれど頰はまだ丸くて、わずかに癖のある黒髪は清潔でつややかだ。まっすぐにキアルを見ている瞳は黒ではなく濃い紅をしていることに、初めて気づいた。真剣な表情でキアルの言葉の続きを待っていて、彼なら、とキアルは思う。

彼はキアルがすすめたパンを、ただいらないと言うのではなく、理由を説明してくれた。だからきっと、大丈夫だ。

「それは、僕が渡り虫の子供だから」

「渡り虫って……あの、移動して生活する？」

「そう、あの渡り虫」

キアルは手近な草をちぎった。

「二年前まで、僕は渡り虫だったんだ。あんまりよく覚えてないんだけど、家はなくて——両親も、兄弟もいなくて。ほかにも子供はいたんだけど、誰とも仲良くなかったし、大人も優しくはなかったよ。荷車に乗って移動したり、どこかの山の洞窟とか……小さい村みたいなところとか、いろいろ行った気がするけど」

「渡り虫は人をさらうこともあると聞いた。おまえもさらわれたんじゃないのか？」

「わかんない。それも覚えてないんだ。全部ぼんやりしてて」

そう言うと、男の子は納得したように頷いた。

「渡り虫の中には変わった技術を持つ者がいて、薬も使わずに人を眠らせたり、記憶を奪ってしまったりするらしい。おまえの記憶も、奪われたのかもな」

「うん……父さんも、そう言ってた。思い出さなくてもいいって。でも、覚えてることもあるんだよ。

ほかの子たちとなにかしてて、僕だけすごく怒られたこととか。熱を出したときにひとりぼっちで、怖かったこととか。失敗したり、上手にできなかったら食事はもらえないんだ。だから、いつもおなかがすいてた」

男の子はしゅんと眉を下げる。可哀想だ、という心の声が聞こえてきそうで、キアルは「大丈夫だよ」と笑った。

「渡り虫は僕を捨てたんだ。それが両親の店の前で、父さんと母さんが拾ってくれたんだよ。それからずうっと、毎日優しくしてもらってる」

男の子の顔がやわらかくなった。

「おまえは両親が好きなんだな」

「うん、大好き！　すごいんだよ、僕専用のベッドがあるし、一日に何回も頭を撫でてもらえるし、くしゃみしただけで心配してくれるの。家のことを手伝うと、ありがとうって言われるんだ」

それがどれだけ嬉しいか、男の子にはわからないかもしれない、とキアルは思う。でもキアルには、なにもかもが舞い上がるように嬉しいことだった。怒鳴られず、舌打ちされず、家の中にはキアルを馬鹿にする子供もいない。あたたかい布団にたっぷりの食事、おやすみなさいの挨拶《あいさつ》、おはようと笑顔を向けてもらえること。どれも宝物みたいに特別なことだ。——でも。

ちぎった草をぱらぱらと落として、キアルは膝を抱えた。左側には町の近くから続く山脈が、春の日差しにかすんでいる。ひときわ高い山の岩肌が、不思議と光って見えた。右寄りの方角の海は青みがかった灰色だ。二年で見慣れた、小さな町の景色。

「拾ってもらえてよかったって思ってる。大きくなったらたくさん働いて、父さんと母さんに楽させてあげたいんだ。……でも、今は、迷惑しかかけてない」

悔しくて震えたキアルの声に、男の子は黙って耳を傾けている。僕のせいだ、とキアルは呟いた。

「僕が渡り虫の子だから、町の人はお店に来ないんだ。僕を拾ったから、父さんと母さんのことをのけ者にする。お妃様たちが来るってわかったときも、みんな喜んでいろんな準備を一緒にやってたのに、父さんたちは呼ばれなくて——二人とも、悪いことなんてなにもしてないのに。僕に優しいだけなのに、みんなそれをいやがるんだ」

キアルは町の人の気持ちがよくわからない。渡り虫は恐ろしくて迷惑だと言われれば、そうなのか、と納得できる。おまえはその渡り虫の子なのだと言われたら、覚えていないなりに、そうなんだろうな、と思う。だから自分が嫌われるのは仕方ない。おまえがいたらまた町に渡り虫が来るかもしれないだろ、と言われたときは、捨てた子供のところになんて来ないと思ったけれど黙っていた。子供の言うことは受け入れてもらえないとわかっていたから。でも。

「気味が悪いのは渡り虫だった僕だけのはずだ。父さんたちのことまで、悪いことしたみたいに言うなんておかしくない？」

「そうだな。俺も、おかしいと思う」

膝に額を押しつけると、ぎこちない動きで手が頭に乗せられた。慰められているとわかって、キアルはさらに膝に顔を押しつけた。涙は見せたくない。

「でも、町の人にいくら言っても聞いてもらえないし……もしお妃様や王子様にパンを食べてもらえたら、町の人も認めてくれるかなって思ったけどだめだったし。——僕は、きっとここにいないほうがいいんだ」

「それは同意しかねるな」

「だって、父さんと母さんに、これ以上がっかりされたくないよ。毎日悲しい顔ばっかりさせてたら、そのうち嫌われちゃうかもしれないだろ」

そう——キアルは、初めてできた父母に嫌われるのが、なにより怖かった。たくさん幸せな気持ちにしてくれた彼らに、やっぱり拾わなければよかった、と思われるのが怖い。迷惑だけかけて、なにひとつ返せないままになるのかと思うと、苦しくてたまらなくなる。

男の子は何度かキアルの頭を撫でて、「まず渡り虫のことからだ」と言った。

「渡り虫は略奪や人さらいもするが、情報や珍しいものを持ってきたりもするんだよな。都でも、彼らを歓待する貴族がいると聞いたことがある。人によっては、渡り虫は大切な存在だということだ」

「……でも、たいていの町では嫌われてるよ」

「それでも、フォークよりはましだろう」

「フォーク？」

涙をこらえていたのも忘れて、キアルは顔を上げた。食事のときに使う道具が嫌われているなんて、聞いたこともない。

きょとんとしたキアルに、男の子は小さく笑った。

「そういう通称なんだ。恐ろしい獣人の話を、聞いたことはないか？」

「ううん、ない」

首を横に振ると、男の子が説明してくれた。フォークは獣の耳と尾を備えた人の姿をしていて、怒りや激しい興奮といった、強い感情の動きによって、獣の姿になること。しかも普通の獣よりも何倍も大きく、それはそれは獰猛で、昔は戦で敵を倒すのに重宝されていたこと。

「じゃあ、すごく強くてかっこいいんだね！　みんなに好かれるんじゃない？」

嫌われることはないだろう、と思ったけれど、男の子は傷ついたように目を伏せた。

「好かれるわけがない。人の姿をしていても人間じゃないし、あいつらはなにより、人に嚙みついて血を飲むんだ。そんなの、化け物だろう？」

想像したらぞくっと首筋が冷たくなった。血を飲むなんて、まるで魔物だ。魔物は海底や高い山に住んでいて、ときおり出てきて人をさらうのだという。悪いことをしたり、約束を破ったりすると、子供たちは皆「魔物に食われるよ」と脅かされるのだ。

怯《おび》えた顔をしてしまったのだろう、ちらりと見た男の子は、「ほらな」と言った。

「怖いだろう。渡り虫のほうがずっとましだ。普通の人間なんだから」

「……きっと、おんなじくらいだよ」

なんだか慰めなければいけないような気がして、キアルは男の子の腕に手をかけた。

「渡り虫のことも、フォークのことも、嫌いだって怖がる人は同じくらいいるんじゃないかな。僕はフォークのほうが好き。だって、犬も猫も好きだもん」

「――犬と猫、か」

「もちろん、馬も好きだよ！　かっこいいだろ。えっとあとは、ヤギとか、羊とか」

複雑そうな声音だったのでつけ加えたら、男の子の肩が震えた。しまった、と思った直後に、あはは、と笑い声が響く。

キアルは呆気に取られて、上を向いて笑う男の子を眺めた。笑顔だと全然雰囲気が違う。明るいだけじゃなくて、爽やかな風みたいに涼しげに見えた。

ぽかんとして見惚れるキアルの前でひとしきり笑った男の子は、晴れやかな表情でキアルを見た。

「それから、おまえのことだ。おまえが渡り虫だろうと渡り虫じゃなかろうと、俺にとっては、この町にいてくれてよかった」

「――ほんと？」

「ああ。おまじないのおかげで、久しぶりにパンがうまかった。ときどき、味がわからなくなるって言っただろう？　そうなると食事ができなくなって、俺も不安だけど、母がつらそうな顔をするんだ。俺が――その、治らない病気じゃないかって、怖がってる」

「そっか。それは……悲しいね」

「パンはもらって帰る。これがおいしかった、と言ったら、母も喜んでくれると思う」

ありがとう、と言われて、キアルは籠を差し出した。

「僕こそ、ありがとう。すごく嬉しい」

王子やお妃様に食べてもらえなくても、男の子においしいと言ってもらえただけで十分だ、とキアルは思う。両親も、王子の友達がおいしいと言ってくれたと知ったら喜ぶだろう。

「もしよかったら、明日お店にも来てよ。東の外れの、ボノの店っていうんだ」

「ボノの店だな。わかった」

籠を受け取った男の子が「三つもあるな」と微笑んで、キアルを優しく見つめた。

「おまえの両親もきっと、おまえがいてくれてよかった、と思っているはずだ」

彼は手を伸ばすと、皺の寄ったキアルのシャツの襟を直してくれた。

「さっきのおまじない、お母さんが教えてくれたんだろ？　それに服の色、おまえに似合ってる」

「ほ……ほんと？」

じんと胸と顔が熱くなった。くすんだピンク色のシャツを褒められたのは初めてだ。

「母さんが自分の服を仕立て直してくれたんだよ。思い出の服で、ずっと大事にしてたやつなんだって。だから僕が着てくれれば嬉しいって」

町の子供たちには「変な色」といつもからかわれる服だ。でも、キアルにとってはお気に入りだった。思い出の服をわざわざキアルのために使ってくれるなんて、はじめは申し訳ない気もしたけれど、母が自由に動く右手を駆使して作ってくれたものだし、着ると父親も「懐かしいな」と嬉しそうにしてくれて、父と母と自分とが本物の家族になれた気がしたからだ。

「ほら。やっぱり両親にとって、おまえは自慢の息子じゃないか」

男の子はさっきよりも上手にキアルの頭を撫でてくれ、キアルはくすくす笑って首を竦めた。兄がいたらこんな感じかな、と思う。

「きみのお母さんも心配してくれてるんだから、きみのこと大好きってことだね」

「――だといいが」

「あ、僕が言うのは信用できないんだ？」

おどけて睨むふりをしてから、キアルは男の子の頭を引き寄せた。

「じゃあもう一回おまじないしてあげる。なんでもおいしくなあれ、みんなきみが大好き、あとそれから、明日はいいことがありますように！」

ちゅ、とキスするのと同時に男の子が笑い出した。欲張りだな、と言われて、キアルは唇を尖らせた。

「このおまじないはなんにでも効くの！　父さんが怖い夢見たときに、もう怖くないよってやってくれたもん」

「それはおまじないじゃない気がするが――たしかに、効きそうな気がしてきた」

笑いすぎたのかため息をついて、男の子は立ち上がった。丘から下を見る横顔は、すっきりとした様子だった。

「まだ、『あれ』になるって決まったわけじゃないよな」

「そうだよ。病気には見えないから、大丈夫だよ。お母さんにも早く安心してもらえるといいね」

キアルも立ち上がると、男の子が振り返った。

「じゃあ、また明日」

「うん。またね」

手を振ってから、名前を聞きそびれたことに気がついたが、明日来てくれるならいいか、とのんびり思い、キアルは丘をのぼってきたときとは真逆の、穏やかな気分で家路についた。

心配して待っていた父に飛びつき、明日はお客様が来るからいっぱい焼いて、と頼んだキアルに両親は半信半疑だったけれど、翌日は普段どおりに朝早くからパンを焼いた。

キアルも並べるのを手伝って、今か今かと待ち受けていると、昼前に外が賑《にぎ》やかになって、キアルは飛び出すようにドアを開けた。きっと彼だ、と思ったのだが、目の前に広がっていたのは想像とは違う光景だった。

たしかにすぐ近くまで、昨日の男の子が来ていた。でも彼の横には美しい背の高い女性が、後ろには護衛やおつきの人たちがいる。その向こうには、なにごとかと見守る大勢の町の人たちもいた。

ぽかんとしたキアルに、男の子がからっぽの籠を差し出した。

「約束どおり来たぞ。俺はグラエキア王国の第二王子、クラウディオだ。おまえの名は？」

「………僕、は——キアル、です」

王子の友達じゃなかった。本人だったのだ、とようやく得心して、キアルは慌てて籠を受け取り、頭を下げた。

「よっ、ようこそ、いらっしゃいませ……っ」

王子に対してはもっと相応《ふさわ》しい口調があるのだろうとは思うが、なにも浮かばなかった。まごまごしているうちに男の子、クラウディオが勝手に店へと入っていく。追いかけようとすると女性もしとやかに微笑んで近づいてきて、キアルは動転したまま、彼女のためにドアを押さえた。たぶん絶対、お妃様だ。

小さな店は五人も入ればいっぱいだ。おつきの人々は仕方なさそうに店の前にとどまり、中に入ったのはクラウディオとお妃様だけだった。二人は興味深そうに並んだパンを眺めた。

「たくさんあるな。店主、説明してくれ」

驚いて立ち尽くしているキアルの父にクラウディオがそう声をかけ、恐縮した様子の父が説明をはじめる。ひととおり聞いたクラウディオは、キアルを振り返ると聞いた。

「昨日の三日月形のパンのほかに、おまえはどれが好きなんだ？」

「……全部おいしいよ、……じゃなくて、おいしい、です」

「そうか。では全部買おう」

腰に下げた革袋から金貨を取り出すのを見て、両親もキアルも目を丸くしたが、クラウディオは少し考えると言い直した。

「いや、全種類二つずつにしよう。買い占めたらほかに買いたい人が可哀想だ。……母上も、召し上がりますよね？」

「ええ、もちろんよクラウディオ。一緒に食べましょうね」

お妃様はハンカチで目元を押さえている。涙をこらえきれない様子と、自分で金貨を差し出すクラウディオの自信たっぷりな様子とに、キアルはだんだんと嬉しくなってきた。きっと、クラウディオが病気などではないと判明したのだろう。

母が麻の袋にまとめたパンを受け取ったクラウディオが、店の外に出る。見送るためにキアルたちも外に出ると、彼は振り返った。

「キアル、ありがとう。おまえは俺の、一番の友達だ」

「……クラウディオ、様」

「俺がこの街道を通るときには、必ず店に立ち寄ると約束する」

そう言うと、彼は胸元のブローチをひとつ外した。深い紅に輝く宝石がひとつついた、金色の飾りが差し出され、「受け取れ」と言われる。

「これはキアルが、俺の友人だという証《あかし》だ。だから、どこにも行くなよ」

ぱっと熱が目の奥ではじけた。彼は、「ここにいないほうがいい」とこぼしたキアルのために約束してくれるのだ。ここがキアルの居場所になるように。

「——ありがとう、ございます」

町の人たちが固唾を飲んで見守っている。おずおずと受け取ったブローチは見た目よりも重くてどきどきした。胸元できゅっと握り込むと、クラウディオは笑みを浮かべて、手をさらに突き出した。握手だ、と気づいて、ブローチを左手に持ち変える。

そうっと握れば、お妃様が再び涙を拭った。幸せそうに泣きながら、彼女はまるで貴族に対するように、キアルの両親に会釈した。

「二人も、ありがとうございました。この町に立ち寄って本当によかった」

「こちらこそ、光栄でございます」

前掛けを握りしめた母と父が、かしこまって応える。さあ行きましょう、とお妃様に促されたクラウディオは、もう一度キアルの手を握って離した。

町の人たちは彼ら一行のために左右に分かれて道をあける。堂々と歩み去るクラウディオたちが十分に遠ざかると、わっと店へと押し寄せた。

「すごいじゃないか！　王子の友達か！」

「お二人が買ったパン、私もちょうだい。食べてみたいわ」

「おい、押すな！　俺が先に買う」

我先にと店に飛び込む町の人たちに呆気に取られてから、キアルは両親と顔を見あわせた。急いで店内に戻って応対をはじめ、そこから夕方までは大忙しだった。夕方には領主の元からわざわざ使いが来て、王子がいたく喜んでおいでだった、おかげで町の評判もよくなったとお礼を伝えられた。

「こういうのを、手のひらを返したよう、って言うんだろうなあ」

夜、父は複雑そうな顔をしたものの、母は「いいじゃないですか」と笑顔だった。

「キアルのおかげでうちのパンがおいしいことを知ってもらえたのよ。ありがとうね、キアル」

「そうだな、素直に喜んでおくか。王子様にも、キアルにも感謝しなきゃな。明日はおまえが好きなクリームとりんご入りのパンを作るよ」

二人からかわるがわる抱きしめられて、キアルは胸がいっぱいだった。クラウディオはなんて素敵な王子様だろう。初めての友達がクラウディオでよかった。優しくて、キアルを励ましてくれて、助けてくれた。

（また来るって、言ってくれた。必ず立ち寄るって）

会える日が来るのだと思うと、ふわふわと身体が膨らむような心地がした。嬉しい。今すぐクラウディオを追いかけて、もう一度「ありがとう」と伝えたいくらい、とても嬉しい。

キアルはポケットから、きらきらと眩《まぶ》しいブローチを出した。紅い宝石はクラウディオの瞳より薄い色だけれど、彼を思い出すには十分だった。すぐ会いたいけど我慢だ、とキアルは思った。

(次に会ったときは、この気持ちがちゃんとクラウディオ様に伝わるように、お礼の言い方を考えておこう。それから今度は、僕がクラウディオ様を助けてあげられるようになるんだ)

本当に嬉しいんだよ、と心に思い浮かべたクラウディオに向かって語りかける。

初めての友達は、初めての両親と同じくらいに宝物で、大好きで、彼のためならなんでもしたい、とキアルに思わせた。

父さんと同じくらい上手にパンが焼けるようにならなくちゃ、と幸せな気持ちで決意しながら、キアルはいつまでもブローチを見つめていた。


「これ、ずっと持ってます」

キアルは棚から持ってきた服の内側に縫いつけた布をほどいて、ブローチを取り出した。

「ああ、懐かしいな」

目を細めたクラウディオは、すぐに耳を伏せて複雑そうな表情になった。

「まさかキアルがケーキだったとは……」

「不思議な巡りあわせですよね」

クラウディオがフォークになった、と国中に知れ渡ったのは、あれからひと月もしないうちだった。彼と王妃が恐れていたのはフォークになることだったのだと、キアルにもわかった。化け物だ、と言ったときのクラウディオは心底嫌悪しているようだったから、キアルも胸を痛めたけれど、できることはなにもなく、以来十年以上、一度も会うことがなかった。

「クラウディオ様には恩返ししなくちゃって、ずっと思っていたんです。だから、今回の件でクラウディオ様が苦しんでいるなら、なんでもいいからお役に立ちたくて。うちのパンなら、もしかしたらおいしく食べてもらえて、短いあいだだけでも穏やかな気持ちになるかもしれないと思って、城に来ることを決めたんです。でも、自分がケーキだなんて、想像もしませんでした」

椅子に座るようにクラディオにもすすめ、お茶をつぐ。彼は口をつけなかったが、キアルは無理にはすすめずにスープから食べはじめた。

「うん、すごくおいしいです！」

キアルはもともとしっかり食べるほうだ。加えて今は、体力をつけなければ、という気持ちもあった。クラウディオに自分を食べてもらうには、まず健康でなければならない。

「クラウディオ様、果物はどうですか？　ソーセージは？」

「――食事は昨日、おまえにさせてもらった。キアルは好きなだけ食べるといい」

クラウディオは少しだけお茶のカップに唇をつけ、それから安心させるように優しい顔をした。

「食べないのはおまえのせいじゃないから、気にしなくていい。キアルと出会ったころ、俺はまだフォークではなかった。兆しがあって、ときどき味覚が失われていたが、食べられるときも、味覚が戻るときもあった。だが今は、普通の食事を口にすることはほとんどない。食物の味は感じないし、食べること自体が苦痛に感じる」

「苦痛……ですか？」

キアルは食べるのを苦しいと思ったことがない。首をかしげると、クラウディオはゆるやかに目を細めて、長い尻尾を揺らした。

「例えるなら、舌が不愉快にびりびりする味の、尖った石を飲み込む感じだ。それでも多少の栄養は取れるんだが、感覚としては食べてはいけないものを無理に身体に入れている気がする。だからフォークは基本的に、人間と同じものは口にしないんだ。ケーキを食べている最中なら味がわかると、酒を飲みながら行為をする連中もいるが――俺は、そういうのは気がすすまない」

ケーキと一緒なら食べられることもある、という噂は、「行為の最中なら」という意味だったらしい。わずかに赤くなったが、尖っていてびりびりする石を飲み込むことを想像すると、すんと気持ちがしぼんだ。やわらかいパンをちぎって咀嚼し、この舌触りや甘さ、香ばしさが感じられないのは悲しいな、と思う。

「さっきのおまじない、効かなかったんですね」

キアルだってあのおまじないが、なんにでも有効だとはもう思っていない。それでもちょっと寂しかった。

クラウディオがふわりと笑みを浮かべた。

「少しだけだが効いたぞ」

「いいですよ、気を遣わなくて」

「本当だ。お茶がまずくないし、キアルがおいしそうに食べるから、一緒に食卓にいるのは悪くない」

いたずらっぽい笑顔とやわらかい眼差しに、キアルは見惚れた。やっぱりクラウディオの笑顔は輝くようだ。爽涼で、眩しくて、胸がどきどきする。

「じゃあ、クラウディオ様の分も食べておきます」

ソーセージを頬張って、キアルはこっそりと高鳴る胸を押さえた。

（クラウディオ様、全然変わってなかった）

見た目が変わって、その特性も人間とは違ってしまっていても、彼の真ん中の、大切な部分はそのままだ。出会った日のことを覚えていてくれたし、同じように優しくて、頑張ろう、と思える活力をくれる。

キアルは会いにきてよかったと思いながら、改めて心に誓った。

彼のために頑張ろう。なるべく長くここにいて、たくさん食べてもらって、みんなの誤解が解けるように努力しよう。

自分はよほど神に嫌われているらしい。

◆
◇
◆

城の第二区画にある聖騎士のための特別聖堂の奥の一室で、クラウディオは青白い月明かりの中にいた。フォークは暗がりでも目がきくが、見ているのは机や窓枠の黒々とした輪郭でも、夜風に揺れる梢《こずえ》の影でもなかった。

キアルの顔が、脳裏に焼きついて離れない。子供のころはちまちまとした犬みたいな印象だったのが、すっかり大人びて、見知らぬ青年へと成長した彼は、クラウディオの理想を丁寧に集めて結晶にしたようだった。

やわらかそうな茶色の髪や険のない顔立ち、見る人に好感を抱かせる笑顔となめらかな声。外見だけでなく、フォークに対して過度に怯えることも、媚びることもない態度や、話を聞くときの真摯な様子、理解の速さも好ましい。周囲の人のためになろうと、当然のように振る舞えるところが昔と同じなのも嬉しかった。

クラウディオにとって、キアルは唯一の友人だ。十歳という異例の年齢でフォークになったクラウディオには、一緒に勉強や狩猟をする貴族の友人さえいない。王子という身分のせいでフォークたちからは距離を置かれ、親しく話せるのは兄と従兄だけなのだ。

だからキアルは特別だった。あの日出会ったときから、一日だって彼を忘れたことはなかった。フォークになってしまったから、怯えさせたくなくて会いにいく約束は果たせなかったが、彼がクラウディオを忘れても、一生の友達だと思っていた。

心の支えだった宝物なのに、そのキアルがケーキで、しかも自分は、キアルだと気づかずに喰らったのだ。

彼はあまりにもいい匂いがした。普段ならケーキの匂いは甘ったるくて好きになれないのに、甘い、と感じるのが心地よかった。胃の底からひきつれるような渇望が湧いてきて、意識が遠のくほどにほしくて——皮膚に歯を立てたときには、快楽に目眩がした。

友達を、あんなふうに「うまそうだ」と感じて喰らうなど、フォークというのはどこまでけだものなのだろう。人間は友達を食べたりしないのに、今朝キアルだとわかったあとも、彼はあまりにもおいしそうに見えた。

クラウディオは目を閉じて喉を押さえた。すぐにでも彼がほしかった。ほのかに甘く、あたたかく、滋味豊かなあの血液。健気《けなげ》に震える性器が放つ精は爽やかで、飲み込むと身体の芯から熱くなった。喘ぐ息遣いまでが果汁のように甘酸っぱく感じられ、組み敷いて貫いてしまえば、彼のくれた栄養が隅々に行き渡る心地がした。

喰いたい。今ごろ眠っているキアルを抱き竦めて、今度は心ゆくまで、何度でも喰らいたい。

ごくりと喉仏が動き、クラウディオはそれを押さえつけるようにして息をとめた。

(キアルだけは、絶対に傷つけてはだめだ——これ以上は)

せめて最初に言ってくれたら、と考えると、後悔が棘《とげ》のようにクラウディオを苛《さいな》んだ。

フォークはケーキにとって、捕食者というだけでなく、遅効性の毒のようなものだ。最初に名前を言ってくれれば、たとえどんなに飢えていても、耐えることができたはずだ。だが、味わった極上の美味はもう、本能に刻み込まれてしまった。もし次に獣になることがあったら、自分はキアルを喰おうとするだろう。彼の身体や心を歪めて汚すとわかっていても。

それに、クラウディオには確信があった。

いずれまた、獣の姿になる日が来る。フォークは一度獣の姿になると、箍《たが》がゆるんで変化しやすくなると言われていた。そして人の姿に戻るには、多くの栄養が必要となる。獣の姿では人間としての理性もほとんどなくなってしまうため、ケーキを肉体ごと——命ごと、喰らう。

(喰う、のか。俺が、あいつを)

明るくのびやかでいきいきとしたキアルが失われることを思うと、飢えよりも重く、強く、絶望が襲ってくる。

「どうして、ケーキだったんだ……」

呪えるものなら神を呪いたい。

クラウディオは豹の耳を自ら摑んで、抉《えぐ》るように強く爪を立てた。

◆
◇
◆

城での生活は予想以上にのんびりしていた。侍女のデメルがなんでもやってくれるし、早起きする必要も、汗を流して重いものを運ぶ必要もない。上質な新品の服が何着も揃えられ、食事は日に三度、作らなくても食べられる。お茶の時間まで設けられていて、することがなにもないときには、楽士が来て演奏してくれたりした。

贅沢な生活だとは思うが、正直に言えば、居心地はよくなかった。

トルタ宮には結局、キアル以外にケーキがやってくる気配はなく、ほとんどひとりぼっちだ。部屋は十分すぎるほど広く、露台《バルコニー》もあるから窮屈ではないのだが、いくら体調がよくないときでも、閉じこもりきりは気持ちがふさぐ。クラウディオは毎朝様子を見にきてくれ、不自由がないかと確かめてくれるが、決してキアルのそばには近づかず、儀礼的な丁寧さで接するだけだ。滞在は数分で、彼以外に訪ねてくる人もない。店で忙しく客の応対をするのが日課だったキアルは、時間を持てあますだけでなく、寂しく感じてしまうのだった。

クラウディオの「食事」だって、あの一回だけだ。十日も経つと疲労感は完全になくなったのに、クラウディオは空腹そうなそぶりさえ見せない。だからキアルは、頑張ろうと意気込んだにもかかわらず、なにもせずに過ごすだけなのだ。

（ほとんど話もしてくれないなんて、喜ばれてないみたい）

押しかけてきたのは迷惑だっただろうか、と考えて、キアルは首を振った。憶測で気に病んだって仕方ない。待つのも役目だとわきまえて、ひとりで時間をやり過ごすことにも、慣れていくしかなかった。

「せめてパンが焼けたらなぁ」

二階にある部屋の露台から庭を見下ろして独りごちると、背後から「あら」と声がした。

「キアル、パンが焼きたいの？」

誰もいないとばかり思っていたキアルは驚いて振り返った。デメルはくすくすと笑って、手にしていた本をテーブルに置いた。

「字が読めると言っていたから、退屈しのぎになるかと本を持ってきてみたんだけど、厨房《ちゅうぼう》に行ってみたら？　パンの材料も揃ってると思う」

「厨房って、お城の？」

「トルタ宮のよ。ここには住む人のために厨房もあるの。といっても一度も使われたことがなかったから、キアルが来てからやっと火が入ったんだけどね」

「行ってもいいの？」

「もちろんよ。なるべく自由にさせてやれって、クラウディオ様がおっしゃっていたから」

デメルは部屋からの行き方を説明してくれた。料理人がいるはずだから、わからないことがあれば聞けばいいと言う。早くデメルに相談すればよかった、と思いながら、キアルはさっそく部屋を出た。

階段を下りて建物の北側へと進み、教えてもらった小部屋を抜けて使用人たちのエリアに入る。ケーキは身分が高いわけではないけれど、クラウディオが出入りすることを想定して造られているのだろう。高貴な人々の屋敷では、主《あるじ》と使用人の使うスペースや通路を分けるものだからだ。

狭い廊下の小窓からは裏庭が見え、キアルはほっとした気分になった。露台から見下ろせる立派な庭園は、キアルにとっては気後れしてしまう。

厨房の扉は両開きで開け放されていた。中から話し声が聞こえ、覗き込むと驚いたようにぴたりとやむ。男性が二人、キアルを見て口を開けた。

「あんた、ケーキだろ。腹が減ったならデメルに言えばいいのに」

「おなかがすいたんじゃないんです。うちはパン店で、いつも両親の手伝いをしてたから、焼きたくなって。デメルから、厨房を使わせてもらえると聞いたんですが、いいですか？」

他人の仕事場には勝手に踏み込まないのがマナーというものだ。戸口にとどまって尋ねると、二人は戸惑った様子だった。

「パンねえ……まあ、かまわんが」

年嵩《としかさ》の男性のほうが、若い男性に向かって肩を竦めてみせた。若い男性は目を丸くしたまま、無遠慮にキアルの全身を眺め回した。

「志願してきたケーキだっていうから、どうせまた自分に酔ってる夢見がちなやつだろうと思ってたら、想像してたのと違うなあ」

トニー、と年嵩の男性が咎《とが》めるように呼ぶ。彼はキアルを一瞥し、作業台を指差した。

「好きに使えばいいさ。粉はそっち、調味料や酵母はこっちだ。ハーブの類《たぐい》はこの棚、ほかに使いたいものがあれば聞いてくれ。俺たちはここで作業してる」

「ありがとうございます。僕はキアルといいます。なるべく邪魔にならないようにしますね。焼き上がったら、お二人も食べてみてください」

あまり歓迎されていないのだとわかって、キアルは努めて感じよく見えるように微笑んだ。二人は顔を見あわせてなにも言わなかったが、キアルがてきぱきとパン作りをはじめると、若者のトニーが興味をひかれたように寄ってきた。

「クリームを作るのかい？」

「はい、おやつに食べられるように、甘いパンにしようと思って」

「もしかして、このあいだ食べた変わったパン、あれもあんたが焼いたのか？　焼いてから日が経ってるみたいなのに、さくさくしてうまかった。誰かが、クラウディオ様がくださったと言ってたんだ」

「食べてくれたんですか？　よかった、鞄だけ戻ってきたから、パンは捨てられたのかと思ってました」

無駄にならなかったのだと、キアルはほっとした。卵とミルク、バターと粉をあわせて硬めのクリームを作り、別の鍋ではりんごを蜂蜜とレモンとあわせて煮込む。うまそうだ、とトニーは鍋を覗き込んで頬をゆるめた。

「なにか手伝おうか？」

「助かります。粉をはかって、半分に分けてくれますか？」

「パンはおれもあっちでよく焼いてるよ、任せてくれ」

「あっち？」

「特別聖堂だよ」

トニーは粉の袋を手にして、外のほうを顎で示した。

「ありがたき聖騎士様たちの領域さ。あそこには持ち主がいない、いわば『みんなのもの』のケーキが住んでるから、彼らに飯を作るのがおれたちの仕事なんだ。トルタ宮はずっと無人だったから、料理人も手伝いも必要なかったけど、あんたが来たから、俺とダッコの親父《おやじ》が出張してるってわけ」

年嵩の男性はダッコというらしい。離れた作業台で背を向けたまま、ふん、と鼻をならす。

「弱らせちゃならんとの命令だから、あれこれ工夫して料理するのはいいんだ。それが仕事だからな。でもあいつらは、あれもいやだこれもいやだと選り好みした挙句、贅沢なものが食べたいとか抜かす」

「ケーキの人たちがですか？」

「フォークに喰われているせいで勘違いしてるのさ。フォークにとってはただの食料なのに、見そめられたご令嬢みたいな気分になっちまうやつがいてな」

我慢がならないようにダッコは吐き捨てて、トニーが苦笑いした。

「ゼシウス様がたまに自分のケーキを連れてくるからだよ。あの人、ケーキに贅沢させてるから、あなりたいって思うケーキがいても仕方ないんじゃないか。誰に喰われるかで運命が決まるって意味では、雇い主で待遇が変わるおれたち使用人と大差ないんだって、よく思うよ」

「わしらとあいつらじゃ全然違うだろう。フォークが肉食のけだものなら、ケーキはうさぎか羊だ。草食ってぼうっとしてるような生き物で、普通の人間じゃあない」

肩をそびやかせるようにして言うダッコを、トニーが宥めた。

「でも、なりたくてケーキに生まれついたわけじゃないんだからさ。たまに喜んでるやつとか、普通の人間なのにケーキだと言い張るのもいるけど、自分を特別だと思いたがる子供っぽいやつら以外は可哀想だろ」

「……まあなあ」

二人の会話に耳を傾け、バターや酵母、砂糖などをまぜた生地を捏《こ》ねながら、ここも町と同じなんだな、とキアルは思った。ケーキが身近にいても、憐れで見下してもいい存在だと思っている。

「今日焼くパン、二人が食べておいしかったら、聖堂のケーキの人たちにも作ってみてください。もしかしたら気に入ってもらえるかも。レシピはあとで書きますね」

キアルは明るく言って生地の出来具合を確かめ、丸めると温度をあたたかく保った石室に入れる。

ダッコが唸った。

「手際がいいな。おまえの店は繁盛してたんじゃないか？」

「僕のじゃなくて両親の店ですけど、おかげさまで」

いつのまにか観察されていたらしい。にこやかに返せば、ダッコはやや照れたような、気まずげな様子で頭をかいた。彼とトニーを順に見て、キアルは提案した。

「発酵するまで、よかったらお茶にしませんか？　僕が淹《い》れます」

「……あんたにお茶を淹れさせたなんて知られたら、クラウディオ殿下がお怒りになるぞ。そんな上等な服をくださるくらいだ、お気に入りなんだろ」

「大丈夫ですよ。クラウディオ様が覗き見しているわけじゃないし、僕は言いません」

返事を待たずに薬缶《やかん》を火にかけて、キアルは笑ってみせた。

「クラウディオ様のご厚意を無駄にするわけにもいかないからこの服を着てるけど、ほんとは自分の着古しのほうが落ち着きます。これはなんだか、肩が凝って」

「あんたも大変だな」

トニーが同情の表情で、棚から焼き菓子を出してくれた。

「あ、昨日のお菓子だ！　これ、すごくおいしかったです。母さんが好きそうだから、よかったら作り方を教えてください」

会話のとき相手に笑顔を向けるのはキアルの処世術だ。クラウディオのおかげで町の人たちの態度は一気に軟化したものの、キアルが渡り虫の子供だという事実を忘れてくれたわけではなかった。なにか失敗しようものならすぐに非難の的になるとわかっていたから、キアルは振る舞い方に気をつけるようになった。警戒していたり、こちらを快く思っていない相手でも、キアルが明るく素直な態度を示していれば、少しずつ受け入れてくれたり、最悪でも距離を置いて、そっとしておいてくれるようになる。

トニーは「もちろんいいよ」と快諾したあと、憐れむ目でキアルを見つめた。

「キアルだっけ？　ほんとにいいやつだな。もしかして両親のために志願したのか？」

「いいえ。クラウディオ様が大変だって噂で聞いて、少しでもお役に立ちたいと思って」

「はぁ……純粋なんだなあ」

厨房の隅の小さな木のテーブルにお茶の用意を整えると、ダッコが複雑そうに焼き菓子とお茶を見比べた。

「王子様の役に立ちたいっていうのは立派な心がけだけどな。両親のことも好きなんだろ？　二人が可哀想じゃないか」

「しばらくお城にいることになったときに手紙は書きましたよ。でも、寂しがってはいるかも」

「寂しいだけじゃなくて、心配してるに決まってる」

わしはいやだね、とダッコは呟き、お茶のカップに懐から出した酒をつぎ足した。

「自分の娘や息子がケーキだとわかっても、フォークに差し出したりしない」

「ダッコ、誰かに聞かれたらまずいよ」

トニーが心配そうに外口を見やり、でもわかるよ、と焼き菓子を頬張った。

「おれだって家族がケーキだったら悲しいもん。フォークのほうがまだいいな。聖騎士の給金はすごいから、家に仕送りしてくれるかもしれない」

ダッコの口調は憎々しげで、キアルはどきりとしてしまった。――もしかしたら彼は、クラウディオのことも嫌いなのだろうか。

「フォークなんてもっとごめんだね。身内がバケモノなんて」

ダッコはキアルの曇り顔に気づくと、言い訳のようにもごもごと言った。

「仕方ないだろ。わしはもう十五年ここで働いてる。直接かかわりはなくても、フォークがどれだけ傲慢かはよく知ってるのさ。しかも、クラウディオ様は黒豹だ。珍しい種類のフォークは獰猛だというが、まさか陛下の愛人を襲うとは思わなかった。特別聖堂で働いてた使用人だって、あのあと何人も辞めたんだ。給金はいいが、死んだら元も子もないからな」

「サモーラ様は使用人の扱いがひどかったから、おれたちのあいだでは嫌われてたけどさ」

トニーも怯えた表情で、ダッコの話に頷いた。

「でもやっぱり、クラウディオ様は怖いよ。ほかの聖騎士たちだって、いつ怒って獣の姿になるかと思うと、近づきたくない。ケーキのための厨房にいる仕事だから続けられてるんだ」

「でも、デメルは怖がってないですよね？」

「彼女は殿下が小さいころから見てるから、思い入れが違うんじゃないか？　おれだってあの事件の前は、クラウディオ様はほかのフォークに比べても落ち着いた感じだと思ってたしね。でも、本当に獣の姿になるなんて」

「トニーも見たんですか？」

「見るわけないだろう。でも見ちまった給仕係から話を聞いた。人間ひとりが楽に口に入るような巨大さで、吠《ほ》えると空気がびりびりしたんだってさ」

この場にその吠え声が響いたかのように身震いし、ダッコは「だからいやなんだ」と低く呟いた。

「クラウディオ様みたいな使用人に寛大な方だって獣になるんだぞ。普段から威張ってる聖騎士ならなおさら、いつ腹を立てて襲いかかってくるかわからないじゃないか」

「あのあと連れていかれたケーキたちも可哀想だったよなぁ」

トニーはやりきれないというように首を左右に振っている。

「五人だったか、七人だったか連れていかれてさ。帰ってこなかったもんな」

「え……、帰ってこなかった？」

思わず聞き返すと、ダッコとトニーはキアルがケーキなのを思い出したみたいに気まずそうになった。二人してどちらが話すかで押しつけあい、結局トニーが説明する。

「クラウディオ様が人間の姿に戻るには、いっぱいケーキが必要だったんだってさ」

「必要だったなら、何人も集められるのは当然ですよね？」

「そうなんだけど、ケーキが城を出ていくのを見たやつがいないんだよ。普通のケーキなら十年くらいは特別聖堂にいるけど、クラウディオ様は一度喰ったら城から追い出すんだ。なのに、誰も立ち去ってないし、トルタ宮にもいないだろ」

トニーは申し訳なさそうにキアルの顔を見た。

「クラウディオ様が、丸ごと喰ったって話だ」

「丸ごとって――」

つまり血を飲むだけでなく、肉体も食べたということだ、と気づいて、さっと鳥肌が立った。

（それって――殺した、の？　クラウディオ様が？）

嘘だと思いたかったが、トニーたちが嘘をついている雰囲気はない。ダッコが苦い口調でつけ加えた。

「わしもよく知らんが、獣になったときの怒りや興奮が強すぎると、人の姿に戻るのには時間がかかるんだと。クラウディオ様は何日もかかって、何人も喰い殺したと聞いた」

「――でも僕、食べて殺してしまうなんて、聞いたことないです」

フォークにまつわる逸話は、キアルが住んでいるような小さな町ではほとんど話されない。ごくたまにしか聖騎士を見かけることがないから、みんなあまり興味がないのだ。だからキアルも詳しいわけではないけれど、ケーキの数がいくら多くても、食事のたびに死なせたら、すぐ足りなくなるはずだ。

(……もしかしたら、町の人は知ってたけど、僕には言わなかったのかも)

キアルがクラウディオの友達だということはみんな知っている。王子の悪口になりかねないことは、キアルの耳に入れないようにしていた可能性もあった。

(でもまさか、喰い殺すだなんて――あのクラウディオ様が?)

「噂だから、本当かどうかはわしも知らんがね。でも、そういうこともあるだろうよ。フォークは人間じゃない。何代か前の王様の命令で、フォークにはケーキをあてがって、尊い身分を与えてご機嫌を取ることにしたが、今となっちゃ失敗したと、偉い人たちも思ってるんじゃないか」

「おれは野放しにしとくよりは、こうやってなるべく城の敷地にいさせて、餌を与えておくほうがましだと思う。あんまり楽しい職場じゃないけどさ、北のほうじゃ隣の国から入り込んだフォークがケーキをさらっていったりするんだろう？　高い山にはそういうフォークが住んでるって噂があるらしいしさ……みんな野放しにしたら、首都だって安全じゃなくなっちまう」

トニーは焼き菓子の最後のひとつをキアルにすすめてくれた。

「あんたを怖がらせるつもりはないんだ。ただ、気をつけられるならそのほうがいいだろ？　一回獣になるとなりやすくなるって言うし、クラウディオ様のことは怒らせないようにしなよ」

「――クラウディオ様は、優しいです」

それだけは言い返さずにはいられなくて、キアルは腕をさすった。

クラウディオが豹の姿になったとき、人間を喰らったのだ、と思えば、心穏やかではいられない。でもそれでも、キアルが知っているクラウディオは、思いやりがあって、困っている相手には手を差し伸べるような人だ。

トニーは唇を曲げ、からかうような笑い方をした。

「へえ、あっちのほうは優しいのか。ケーキはやっぱり、感覚が違うんだな」

「トニー、そういう話はするんじゃない」

「わかった、しないよ。ダッコは変なところで潔癖っていうか、昔気質《かたぎ》だよなあ」

トニーは「猥談《わいだん》くらい侍女だってするのに」と唇を尖らせて、キアルは遅れて耳が熱くなるのを感じた。優しい、と言ったのはそういう意味ではなかったのだが、誤解されたらしい。

なんとなく白けた空気になって、トニーが立ち上がる。

「まあせいぜい、頑張ってご奉仕してくれよ。あんまり腹が減っても、いらいらして獣になっちまうかもしれない」

続けてダッコも立ち上がって、「わしらは聖堂のほうの手伝いに戻るから」と言い置くと出ていった。

仲良くしてもらうつもりが失敗してしまったが、キアルはクラウディオについて「優しい」と言わずにいられなかったのだから、仕方ない、と思うことにした。

（しばらくはここにいるんだし、少しずつ親しくなればいい）

レシピは書き置きしておくことに決め、石室からパン生地を取り出す。ほどよく膨れた生地から空気を抜き、半分に分けて綺麗に丸め直しながら、キアルはなるべく明るく考えようとした。

ひとりで使うにはもったいない広さの厨房だ。これからはできるだけ来て、いろいろ作ろう。トニーやダッコだけでなく、ほかの使用人とも仲良くなっておきたいし、クラウディオにも一口くらいは味見してほしい。今日はまず、日頃のお礼としてデメルに食べてもらおう。

考えながらオーブンに火を入れ、キアルはまだ腕が粟立《あわだ》っていることに気がついた。無論、寒いせいじゃない。

へたりとその場に座り込み、キアルは両腕をさすった。

トルタ宮は厨房だけでなく、建物も広い。大勢が住むことを想定しているのは、ひとりではクラウディオの食事を支えきれないから、というだけでなく、何人か欠けてもいいようにするためなのだろう。いざというとき、文字どおり生贄にするための、ここは居心地のよい檻《おり》なのだ。

初日にデメルが申し訳なさそうにしたのも、キアルがいずれ喰われて死ぬことになるかもしれないから、だったのだろう。

殺されるのだ、と思うと、再び寒気が襲ってくる。怖くて、同時に怖いと思ってしまう自分がショックだった。

「——僕、クラウディオ様に恩返しがしたくて来たのに」

ほんの一瞬でも慰めになれればいい、と思ったからパンを焼いてきた。心配する友達には、「もしケーキだったら食べてもらう」と豪語したし、再会して具合の悪そうな彼にのしかかられたときは、喜んで血を差し出そうと思った。女性のように抱かれることにもためらいはなくて、翌日には「ケーキでよかった」とさえ思ったのに。

もちろん、死ぬのは恐ろしくて当然だ。大好きな両親の元に帰ることも、友達と笑いあうことも、クラウディオと話すこともできなくなるのだ。

腹を守るように両腕を交差させ、でも、とキアルは思った。

クラウディオが食事をしないのは心配だと思う。血を飲んでくれたらと思うし、抱かれるのも全然かまわない。フォークにはそれが必要だと知っているからだ。ならば、肉体を食べることも、彼らにとっては不可欠なのだと受けとめるべきだ。キアルたち普通の人間だって、猪《いのしし》や鹿を狩って肉を食べる。魚も鶏《とり》も、大事な食料だ。

フォークにとっては、ケーキが食料だ、というだけのことだった。

その日が来たらちゃんと食べられよう、とキアルは自分に言い聞かせた。クラウディオになら、命を差し出したってかまわない。

でも、その前にもできることはある。

「クラウディオ様が、豹の姿にならなければいいんだよね」

激しい感情が獣になってしまう引き金なら、怒ったり悲しんだりしなければいいのだ。なるべく穏やかで楽しい気持ちでいてくれるように手助けすることなら、できる。

キアルは、パンが焼き上がったら彼のところに持っていくことに決めた。明日になれば会えるけれど、少しでも早く会いたかった。

デメルにパンをプレゼントし、クラウディオに会いにいきたいと言うと、彼女は心配そうだったが、それでも場所を教えてくれた。彼はフォークだと判明して以降、ほとんどの時間を特別聖堂で過ごしているのだそうだ。城の敷地には聖堂がいくつかあるため、フォークが使う聖堂を「特別聖堂」と呼ぶらしい。

はじめに入らされた小屋の近くに特別聖堂はそびえていて、トルタ宮からは比較的距離があった。区画は同じだが、特別聖堂は二番目の城壁のそばに、トルタ宮は三番目の城壁のそばにある。カーブを描く坂道を下りていくと、暮らしている人たちとすれ違う。活気があるという感じではないが、そこここから生活音や話し声が聞こえた。

家が並ぶ中に、カフェや食事を出す店もいくつかある。広い庭の立派な屋敷に入っていく聖騎士の姿が見え、彼らの住まいもここにあるのだとわかった。

大通りを逸れ、ひとけのない細い道を通ってたどりつくと、聖堂の門は開放されていた。門番はおらず、おそるおそる覗き込むと、建物の向こう側から大きな声が響いてきた。

敷地は平らに整地されていて、かなり広い。建物にはいくつかアーチが設けられており、近づくとアーチ下の通路の先が明るい中庭になっているのが見えた。キアルはそっと通路に足を踏み入れた。しばらく進むと、かけ声のような大きな声にまじって、高くうわずった声が聞こえることに気がついた。泣いているように聞こえてキアルはつい耳を澄ませ、それからかあっと赤くなった。

「……っぁ、ん……っ、あ、あ、んッ」

情事のときの嬌声《きょうせい》だった。進むにつれて声が大きくなり、中庭に面した回廊へ出ると、すぐ近くの窓で人影が動いた。あろうことか、ガラスを開けた窓の縁に、若い女性が裸で摑まっている。とろけた表情の彼女はキアルに気づいてはいないようで、かがんでなるべくすばやく通り過ぎた。首から血が流れていたから、ケーキだろう。だとすれば彼女の後ろにはフォークがいるはずで、邪魔はしたくなかった。

中庭も広く、花の植えられたスペースの先、奥の高い尖塔の手前が生垣で区切られている。大きな声はそちらから聞こえていて、生垣に沿って歩いていくと、ほどなく中へと抜ける小道に出た。

緑豊かな外側からは一変し、内側は砂を敷き詰めただけの殺風景さだった。そこに十五人ほどの男たちが集まっている。鍛錬中らしく、輪になった中心からは剣で打ちあう音がした。

男たちは全員、耳と尻尾がある。一番多いのは狼で、ちらほらと虎や熊も見えた。ある者は着崩し、ある者は上半身裸だが、着ているのは同じ服だ。あれは聖騎士の制服なのだ、と気がついたとき、彼らがいっせいに振り返った。

怖い、と感じるより早く足が竦んだ。

声を出すどころか、息さえもできない。恵まれた体格の男たちはそれだけでも迫力があるが、なにより凄《すご》みがあるのはその眼差しだった。欲望がむき出しになった、それでいて冷酷な視線に、細かく脚が震え出す。

「見たことのないケーキだな」

「クラウディオ様のじゃないか？」

「なるほど、うまそうな匂いがする」

ひとりが長い舌で唇の周りを舐めた。目に光るのは愉悦の色だった。キアルを獲物として見て、値踏みしているのだ。

逃げたいのに身体は動かなくて、ただ立ち尽くす。だが、急にフォークたちの視線が逸らされた。彼らが道をあけたのは、奥からクラウディオが歩いてきたからだった。空気が一瞬で変わり、キアルは息を呑んでクラウディオを見つめた。

誰もが、彼のことを自分よりも上だ、と感じているようだった。頑強なフォークたちが大勢いても、クラウディオはひときわ目立つ。強靭なだけでなくしなやかな体軀も、その美貌も、なびく黒髪も、君臨する者に相応しい魅力と威厳が備わっていた。

しん、と静まった中、クラウディオはキアルに大股で近づくと腕を摑んだ。

「どうして来た？」

たった一言でびりっと痺れたような感覚があって、キアルは喘ぐように息を吸い込んだ。

怖い。

目の色も、逞しい身体も、動く唇も恐ろしい。あの口が、牙が、誰かの肉を裂き、骨を嚙み砕いたのだ。腕を摑む指の力強さと眼差しの苛烈さに、今さら、自分とは違う生き物なのだと思い知る。彼はいつだって、その気になればキアルを殺すことができる。

「……菓子パンを焼いた、ので……、クラウディオ様にも、と思って」

「俺は食べないとわかっているだろう。ここには来るな」

クラウディオは己の体軀でキアルを隠すようにして、生垣をくぐると回廊の近くまで連れていった。足をもつれさせるキアルを支えて立たせると、険しい顔で見下ろした。

「俺が特別聖堂にいると教えたのはデメルか？」

「……はい。なるべく自由にさせるようにって、クラウディオ様が許してくださったって、」

「出歩くのはかまわない。だが、ここはだめだ」

キアルの言葉を遮って、クラウディオは厳しく言った。

「約束しろ。二度と特別聖堂には近づかないと」

にじむ怒りに、意図せずびくりと肩が揺れた。クラウディオは唇の端を歪める。

「俺が怖いのか？　だったら、明日からトルタ宮には行かない」

そのまま踵を返されそうになり、キアルは夢中で手を伸ばした。

「待って！　パンはいらなくても……そ、そろそろ、食事はしたほうがいいですよね？　もう十日、経ってます」

「ひと月は平気だ」

「でも、おなかはすくんですよね？　空腹だと悲しくなるし、怒りっぽくなる人だっています。クラウディオ様も、あんまり無理をしたら――」

クラウディオの目にさっと陰が差した。キアルの身体も急激に冷たくなる。恐怖とは別の、氷を踏み割ったような寒気だった。

間違えた。こんな言い方をするつもりじゃなかったのに。

摑んだ袖を離してしまうと、クラウディオは力なく落ちたキアルの手を見て顔を伏せた。

「そうか。おまえも、俺が獣の姿にならないか、心配なんだな」

「……ちが、」

「いいんだ、怯えて当然だ。俺がいくら傷つけないと言ったところで、信用できるはずもない」

もう一度「違う」と言いたかったが、声が出なかった。クラウディオは背を向けた。

「すぐにでも家に帰ればいい。安全に戻れるように、護衛は手配する。迎えをやるまでは、おとなしくトルタ宮にいろ」

彼が中庭へと戻っていくのを、もう呼びとめられなかった。怒らせたのではなく、傷つけたのだ。彼が特別聖堂に来るなと言ったのは、ほかのフォークに狙われないためだ。さっきのような視線に晒《さら》されて、最悪の場合喰われてしまうかもしれないから。

わかっていてキアルは、これほどの強さと激しさなら、人間を喰い殺すことだってあるだろう、と怯えたのだ。クラウディオがどれだけ、彼の中のフォークの性質を嫌悪しているか知っているのに。

(クラウディオ様、がっかりしたよね)

キアルは足取り重く通路を抜け、聖堂の敷地を囲む塀の外に出て、壁にもたれた。

十分以上はなにも考えられなくて、ただじっとしていた。ひとけの少ない道にようやく通りかかった、荷物を手押し車に載せた男性に怪訝な顔をされ、キアルはのろのろと背中を壁から剝《は》がした。それでもなお、立ち去りがたい。籠の中からはりんごとクリームの甘い匂いがしている。上手に焼けたけれど、どんなにおいしくても慰めにはならなかった。

キアルは無力だ。クラウディオの力になりたいと思っても、パンを焼くくらいしか思いつかない。ケーキだから役に立てると意気込んでも、彼がその気にならない限りは食べてももらえないのだ。それどころか、彼が豹になったときのことを聞いて怖がるだなんて。

(町ではただの噂話を信じる人をもどかしいって思ってただろ。トニーたちの話だって、結局は噂だ)

あの話が本当でも、自分だけは怖がってはいけなかった、とキアルは思う。

(友達、なんだから)

寄り添うべきだったのだ。死んでしまったケーキたちも怖かっただろうが、食べなくてはならなかったクラウディオだって苦しかったはずだ。ケーキの命を奪うのが必要不可欠でも、平然としていられるような人ではないとキアルは知っている。

ぎゅっと籠を持ち直して、キアルは再び聖堂の門をくぐった。嬌声の聞こえなくなった通路を進み、砂敷きの中庭に入ると、聖騎士が数名、くつろいだ様子で周囲に座っていた。一番手前にいる、壮年の、黒っぽい灰色の狼のフォークに近づく。

「クラウディオ様はどこですか?」

「喰われたいなら、俺たちが喰ってやってもいいぜ」

石段に腰掛けたまま、彼は面白がるように尻尾を揺らした。

「追い返されたのに戻ってくるくらい身体が疼いてるんだろ？　クラウディオ様に喰われるのがたまんなかったんだな」

「そういうことじゃありません。本当に、用があるだけです」

粘つくような欲のこもった視線はやはり怖かったけれど、もう足が竦むことはなかった。じっと相手を見下ろして、告げる。

「教えてもらえないなら、探します」

「ケーキは怒っても愛らしいな」

キアルの言葉を真面目《まじめ》に聞く気がないのだろう、男は仲間を振り返って笑い、周囲からもひやかしが飛んでくる。だが、キアルが諦めて奥に進もうとすると、男は立ち上がった。厚みのある肉体が、壁のように立ちふさがる。一瞬ひやっとしたが、彼はキアルを見下ろしてにやりとした。

「勝手に歩かせて、あとでクラウディオ様に嚙みつかれるのはごめんだからな。連れていってやる」

「紳士だなぁ、ドーセオ」

ヤジが投げられたが、ドーセオと呼ばれた彼は笑って手を振り、キアルの前を歩き出した。――本気だろうか。

騙す気かもしれないが、親切の可能性もある。半信半疑でついていくと、ドーセオは尖塔を備えた大きな建物へと入った。中は祈りの広間になっていた。普通の聖堂と同じく木製の長椅子が並べられていて、ドーセオはその中央を奥まで進むと、小さなドアに手をかけた。

「この先だ。どの部屋においでかまではわからないが、クラウディオ様しか使わない場所だから、すぐに見つかるだろうよ」

「……ありがとうございます」

途中で襲う気では、と彼を警戒していたキアルは、申し訳なくなって頭を下げた。ドーセオはすぐに立ち去っていき、キアルは深呼吸してドアを開けた。

仄暗《ほのぐら》い廊下に四つドアが見える。廊下はその先で曲がっていて、さらに続いているようだった。手前から順に、ノックしていく。三つ目で返事があって、開けてみるとクラウディオがいた。本棚と長椅子、テーブルがあり、一番奥は大きな窓になっていた。窓のすぐそばの机でペンを走らせていた彼が、驚いて立ち上がる。

「キアル？　どうしてここに――」

「案内してもらいました。あのままでは戻れなくて」

部屋に身体をすべり込ませて、キアルは机のそばまで近づいた。

「さっきはごめんなさい。ひどいことを言いました」

「――いや。あれは、俺が悪かった」

深く頭を下げると、クラウディオはばつが悪そうに視線を逸らした。

「怯えられるのは仕方ない。慣れたつもりが、キアルに怖がられるのは思っていたよりもつらくて、八つ当たりしてしまった。……あとで、謝りにいこうと思っていた」

「クラウディオ様が怒ったのは当然だと思います。クラウディオ様だって、なりたくて豹の姿になったわけじゃないでしょう。それと、デメルのことは、叱《しか》らないであげてください。僕が行きたいって言ったとき、やめておいたほうがいいんじゃないかって心配してくれたんです。僕が明日まで待つのがいやで、勝手に出てきただけです」

ふ、とクラウディオの表情が和んだ。

「わかってる。デメルも、キアルを襲うような聖騎士はいないと思ったから無理にはとめなかったんだろう。——俺が心配しすぎた。万が一にでもおまえが傷つけられたら、約束を破ることになるから」

「絶対傷つけないって言ってくださいましたもんね」

キアルもやっと、笑顔を浮かべることができた。籠を机の上に置くと、クラウディオが匂いを嗅いだ。

「甘い匂いがするな。厨房を借りたのか？」

「はい。りんご入りのクリームパンです。僕にできるのはパン作りくらいしかなくて」

蓋を開けて見せ、キアルはゆっくり言葉を選んだ。

「クラウディオ様は豹の姿になったとき、元に戻るためにケーキを食べたと聞きました。血を飲んで、身体を重ねるだけじゃなくて、肉体も丸ごと食べた、と」

「——そう言われているのは知ってる」

「聞いたとき、怖いと思ってしまいました。血を飲まれるより痛いだろうし、死ぬってことだから。死んだら両親にも会えないし、クラウディオ様とも、もう話せない。そう思ったら、どうしても怖かったんです。だから、さっき怒ってるのがわかったときも、怖くて」

「怖いのが当然だ。気にしなくていい」

「でも、クラウディオ様だってつらいに決まってる。クラウディオ様は優しいから、おなかがすいてもひと月も食べずに我慢するでしょう？　王妃様を悲しませたくないって言っていたし、僕のことも励ましてくれた。そういう人が、たとえ絶対に必要だとしても、ケーキを殺さなくちゃならないとしたら、苦しいと思うんです。——僕はクラウディオ様に、二度とそんな思いをしてほしくない。そのためにはちゃんと食べて、穏やかな気持ちで、満たされていたほうがいいんじゃないかと思って」

言いながら、右手を自分の口元に持っていく。

クラウディオが食事をする気にならなくても、血を流してしまえば舐めてくれるかもしれない、と考えたのだ。皮膚を破ろうと人差し指の先に歯を立てると、ぎょっとしたようにクラウディオが手を掴んだ。

「よせ！」

守るように指を握り込まれて、キアルは眉根を寄せた。

「僕がいやだったら、ほかのケーキの人でもいいです。少しだけでも食べてください」

「——キアル」

クラウディオの瞳が揺れる。

「どうしてここまでしてくれるんだ？　俺はたしかに、おまえの両親の店を救ったかもしれない。でも、それだけだ。十年以上も前に一度会っただけで、あのときキアルは、先に俺のことを助けてくれた。これ以上、なにか返そうとしなくていいんだ」

寂しげな声で説得するように言われて、キアルは握られた手で握り返した。

「友達、だからです」

「――友達？」

「友達が困っていたら力になりたいって思うのが普通でしょう？　僕は無力だし、最初は自分がケーキだなんて知らなかったから、パンを焼いてくるくらいしかできなかった。でも城に来てケーキだとわかって、よかったって思ったんです。パンより確実にあなたの役に立てるのが、嬉しかった」

クラウディオにとって十一年前のことは、なにげない親切だったかもしれない。でも、キアルの人生はあの日を境に変わったのだ。

「返さなくていいってクラウディオ様は言うけど、いつかお礼をしたいって、ずっと思ってたんです。だってクラウディオ様は僕の、初めての友達で、一番大事な、特別な友達だから」

ともだち、とクラウディオはもう一度繰り返した。左右の耳が小刻みに動いて、もう一方の手でキアルの頬に触れてくる。

「おまえは、どうして――」

小さく独りごち、そのあとが言葉にならないのか、何度もキアルの頬を指先で撫でる。キアルを見つめる瞳はどこか寂しげに見えた。

「……クラウディオ様？」

遠慮がちに名前を呼ぶと、彼ははっとしたようにまばたきした。

「――いや、なんでもない」

ため息をついた彼は、キアルをぐっと抱きしめた。

「ありがとう、キアル」

思いがけないほど強い抱擁だった。とくんと心臓が音をたて、それが彼に伝わってしまいそうでそわそわしたが、キアルは自分からも彼の背中に手を回した。抱きしめたい、とクラウディオが思ってくれたことが嬉しかった。

ようやく本当の意味で再会できたような気がする。大切な、特別な友達同士として。

(……クラウディオ様、あったかい)

腕の力は強いけれど、もう恐ろしくは感じない。むしろ守られているかのようで、心地よくさえあった。

目を閉じて彼の体温を感じていると、やがてクラウディオは名残惜しげにキアルの髪を撫でて離れた。キアルを長椅子へといざなって先に座らせ、あいだをあけて腰を下ろす。

「フォークのことだが——たしかにおまえが案じてくれたとおり、過度の飢えで獣の姿になることもある、と文献には記されている。だが命にかかわるような、本当に耐えがたい飢餓状態ならば、ということであって、ただ空腹なくらいでは獣にはならないんだ。俺も飢えすぎないよう、どんなに気がすすまなくても月に一度は食事するようにしている」

「そこまで我慢しないで、ほかの聖騎士の方たちみたいに週に一度にしたら楽じゃないですか?」

「喰うと、人間ではないと自分で認めた気がしていやなんだ」

クラウディオは広げた膝の上に腕をつき、前に上体を倒して呟くように言った。

「わかってはいる。認めようと認めまいと、我慢しようとしまいと、俺はフォークだ。それでも、できるだけ人間に近い存在でありたい。……キアルは、俺の母を覚えているか？」

「はい。すごく綺麗で、優しそうな方でした。修道院に入られたと聞きましたけど……」

息子がフォークであることを気に病んで、王室を離れたのだという噂だった。うん、とクラウディオが頷く。

「従兄のゼシウスが、俺より三か月ほど早く、フォークになったんだ。おまえと会う前のことだ。王家にはめったにフォークが生まれない。なのに俺もときどき味覚をなくしていたから、母は自分の血筋がフォークを生みやすいんじゃないか、と悩んでいた。だから、おまえの町での一件があって、保養地で医者に大丈夫でしょうと言われたときは、俺も母も本当に喜んだ」

「——」

「だが、城に戻ってすぐ、フォークの特徴が出た。目が覚めて尻尾に気づいたときは愕然《がくぜん》として——誰かに見られる前に、耳も尻尾も、切り落とそうとしたが無駄だった。うまくいかなくて血だらけになって、見つかって……母は俺に向かって謝って、神へ身を捧げる道を選んだ」

声は落ち着いていたが、キアルの脳裏にはまだ幼い彼が尻尾を切り落とそうとする光景が浮かんで、きりきりと苦しくなった。

「フォークが生まれるかどうかは血筋は関係ないと言われているし、母の一族でもフォークなのはゼシウスと俺だけだ。きっと偶然が重なったんだろう。少なくとも母のせいではない。だから彼女のためにも、できるだけフォークらしくなく、人間らしくありたかったし、今でもできれば、人間でありたい。大勢のケーキを次々に喰うような真似《まね》をしたくないのも、人間に近い存在でいたいからだ」

クラウディオは息をつくと、キアルに向き直った。

「兄を守りたくて獣の姿になったときも、誰も喰い殺したりはしていない。噂の一部は本当で、かつて戦で獣になったフォークは、人の姿に戻るためにケーキを喰い殺していたらしい。それに、珍しい獣であるほど、人の姿に戻るのは難しいんだ。だから無理だとゼシウスには言われたが、七日かけて体液を啜って、戻った。巨大な身体で犯せばそれだけでも殺してしまうから、行為もなしでだ。——と言ったら、キアルは信じてくれるか？」

「し……んじ、ます」

考えるより早く頷いて、それからたまらなくなって、キアルはクラウディオに抱きついた。

「ごめんなさい。……ほんとに、ごめん。友達、なのに」

捧げられたケーキが帰ってこなかったとトニーは言ったが、ケーキの遺体を見た人がいる、とは言っていない。だったら、人知れず家に帰されたのだろう。

友達なら、真偽もわからない噂や陰口でなく、彼自身を信じるべきだった。

涙が湧いてくる。抱きしめると、クラウディオは宥めるように背中を叩《たた》いた。

「友達を食べたいやつはいない。だから、友達だと思ってくれるなら、少し離れてくれ。——キアルは本当にいい匂いがするんだ」

きまり悪げな口調に、空腹ではあるんだな、と悟って、キアルは涙を拭って離れた。

「じゃあ、こう考えるのはどうですか？　友達同士だったら、食べ物を半分こすることってありますよね。おいしいからとか、ひとつしかないときなんかに、自分だけでは食べずに、一緒に食べるでしょう？」

「――そういうものか？」

「王子様だとわからないかもしれないけど、そういうものなんです。だから僕とクラウディオ様でも、半分こだと思ってください」

半分こ、とクラウディオは神妙な顔で呟く。キアルは大きく頷いた。

「僕はきちんと食事をして、運動もして、体力をつけて健康になります。その食事を用意してくれてるのはクラウディオ様だから、クラウディオ様は自分の分け前として、僕の血を飲む。これなら、少しは気が楽になりませんか？」

「……キアルはいつも面白いな」

クラウディオはしみじみとキアルの顔を眺めた。

「初めてのときもびっくりさせられてばかりだった。いきなりおまじないをしてくれるし、犬や猫が好きだからフォークが好きだと言い出すし」

「だって、クラウディオ様のこと励まさなきゃって思ったんですよ。あのときは子供だったから、あれが精いっぱいだったんです」

赤くなると、クラウディオは口元をゆるめて頬に触れた。

「大人になってもあまり変わってないみたいだ。あのころも、今もよく泣く」

涙の跡を撫でられて、キアルは首を横に振った。泣き虫だと思われるのは心外だった。

「誤解です。この十一年で涙が出たのは、クラウディオ様に会ったときと今日だけですよ？」

「では、俺のための涙だな」

クラウディオはふっと顔を近づけてきた。鼻先が触れあうくらい近づいて、キアルが驚いているうちに、ざらりと舌が目尻をたどった。

「ん、うまい」

反対の目尻も舐められる。味わうようにちゅっと吸いついたクラウディオは、心なしか満足そうな表情だった。キアルはびっくりしすぎて、ただ固まっていた。

「フォークはケーキの血を飲むと言われているが、体液ならなんでも栄養になるんだ。涙は初めてだったが、いい味だ。おまえが泣いたときはもらうことにする」

「………いい味だ、って」

遅れて心臓が音をたてはじめ、キアルは真っ赤になって横を向いた。

「舐めるなら舐めるって言えばいいじゃないですか。びっくりさせないでください」

「血よりいいだろう？　痛くない」

「そういうことじゃなくて」

涙を吸うなんて、恋人同士でもあまりしないと思う。口づけられるのかと思った、と動悸のする胸を押さえて、怪訝そうなクラウディオを盗み見た。

この人が普通の人間だったら、とんでもなくもてるんじゃないだろうか。キアルの友人の中で一番もてる男が、秘訣を教えてくれたことがある。優しくなくてはいけないが、それだけではだめで、不意打ちでどきどきさせたり、たまには心配させたり、強引に振る舞ってみせるのも大事なのだ、と。

クラウディオは全部当てはまるし、どれも無自覚だからたちが悪い。

(僕でもこんなにどきどきするんだから、女の子だったらすぐ恋に落ちちゃいそう)

ため息をついてしまってから、キアルはふと気がついた。

「たしか、ケーキを食べてる最中だったら、普通の食べ物も味がするんですよね？　僕が泣いてパンを涙まみれにしたらおいしく食べられたりしませんか？」

「それは——考えたことがなかったな」

クラウディオは唸るように言ったが、すぐにぽすんとキアルの頭に手を置いた。

「泣いたら涙はもらうが、無理に泣けとは言ってないぞ。パンは、キアルが食べればいい」

「でもこれ、うちの店では僕が二番目に好きなパンなんです。三日月パンも結局食べてもらえなかったから、味見だけでもしてほしいと思ったんですけど——、よく考えたらどうやって味見してもらうか、考えてませんでした」

フォークは普通の食べ物の味がわからないのだ。忘れていたわけではないのに、キアルは今でも、あの日みたいにクラウディオが「おいしい」と言ってくれる気がしてしまう。

「涙も、もう出る気がしないし……そのまま食べたら、びりびりする尖った石みたいなんですよね。すみません」

「謝らなくていい。普通の人間みたいに扱われるほうが俺も嬉しい」

「でも……そうだ！　僕が食べるので、そのあとキスしてみますか？　もしかしたら味が——」

口走ってから、キアルはぼっと赤くなった。

「いっ、今のは忘れてください」

キスはそれこそ、恋人同士の行為だ。ねだったように聞こえそうで恥ずかしく思ったが、クラウディオはいっそう、優しげな表情になった。ゆったりと豹の尻尾が揺れる。

「そうだな。口づけくらいなら大丈夫だろう。食べてみてくれ」

口づけ「くらい」？　と怪訝に思ったが、「おまえの好きなパンの味なら知りたい」と言われてしまえば断れなかった。いたたまれない気分で菓子パンを持ち、りんごやクリームもたっぷり入るように、大きくかぶりつく。見守られながら咀嚼して飲み込むと、クラウディオはすぐに顔を寄せてきた。

「待っ、……ん、」

心の準備がしたかったのに、唇をふさがれると恥ずかしさも照れも薄れていく。ざらついてあたたかい舌がキアルのそれと絡みあい、きゅっと吸い出されると身体が震えた。

「ん……っ、ん、ぅ」

じゅわりと舌が溶けるようだった。背筋が勝手にしなって、そこをクラウディオが支える。口づけし直されてより深く舌が入り込み、味わうように上顎や歯列を舐められれば、ぞくぞくとした感覚が喉に伝わった。

「……っ、ふ、ぅ、んん……っ」

かき回され、吸われ、くらくらと目眩がした。唾液と舌が生み出す水音が、室内に響いている。クラウディオが唇を離すと甘えたような声が漏れてしまい、キアルはそっと腰を引いた。

（どうしよう……硬くなってきちゃった）

俯《うつむ》いたキアルの顎を、クラウディオが掬《すく》った。同時に服越しに股間に手をあてがわれ、びくん、と反応してしまう。

「ここのも、飲んでいいか？」

キアルの目を覗き込むようにして、クラウディオは囁いてくる。

「このままではおまえもつらいだろう」

「……これくらいなら放っておけば、平気です」

「平気じゃないはずだ。中、濡れてる」

「……ッ、ぁ、」

擦られると下着とぬるついた先端が触れあって、勝手に腰が動く。ごめんなさい、と謝ると、クラウディオが優しい顔をした。

「実は、この前おまえを食べてから、味が忘れられないんだ」

ちゅ、と濡れた唇をついばむ仕草は、甘やかすようでも、甘えるようでもあった。

「これまでは、ケーキなんか食べたくないと思っていたからか、うまいと思ったことがなかった。味はするし、必要なものだとも感じる。でもおいしくはなかったのに、キアルは、おかしくなりそうなくらいうまい。血も、涙も唾液も、精液も全部だ。——今日で、最後にするから」

「……クラウディオ様」

さわりと肌がさざめいて、キアルは彼の髪に指を絡めた。濃い紅の瞳は吸い込まれそうな深さで、

こんな顔をされたら、拒むなんてとてもできなかった。

「好きなだけどうぞ。血も——唾液も、気に入ったなら涙も、あげます。だから帰れなんて、言わないでください」

「無理はしなくていい。でも、ありがとう。帰る日については、あとで相談しよう。いつまでもおまえの両親を寂しがらせるのも申し訳ない」

クラウディオは再び口づけた。そうしながら片手でキアルのウエストのボタンを外し、分身を探り当てる。すべるようにして長椅子から下りて膝をつくと、ズボンを脱がそうとしてきて、キアルは協力するために腰を上げた。

むき出しになったそこを見られて、燃えるような心地がする。クラウディオは待ちかねたように口に含んできて、キアルはのけぞるようにして長椅子の背を摑んだ。

「——っ、は、……ん、……っ」

丁寧に舌を這わされて、快感が全身を襲う。クラウディオは裏側を狙って根元から先端へと舐め上げてきて、性器が痛いほど疼いた。動いてしまわないよう椅子を摑んだ手に力を込めても、どうしても腰が跳ねる。クラウディオは愉《たの》しむように陰嚢《いんのう》まで口に含んだあと、改めて花蕊《かしん》に吸いついた。

「っ、ふ、……っ、は、んっ」

「感じるなら、声を出してもかまわない。無理にこらえるとつらいだろう？」

「でも……っ、誰かに聞かれたら、ん……っ」

「特別聖堂の一番奥だ。誰もいない」

そう言われても、安心して喘ぐ、などできるわけがなかった。脳裏に蘇るのは、窓際で抱かれていた女性のケーキの姿だ。他人に恥ずかしい姿や声を晒したくない、と思ったのだが、ぬるぬると亀頭部分を舌で捏ねられると、びくんと身体が波打った。

「ぁ……っ、ふ、……っぅ、……ぁっ」

溶かすように唾液をまぶされ、くびれを刺激される。快感を与えられているのは性器だけなのに、爪先まで気持ちいいのが渦巻いた。えもいわれぬ、甘く重く染み込むような気持ちよさだ。

クラウディオの舐め方は、心から味を楽しむかのようだった。表面の皺も残さずたどるように丹念に舌を動かし、染み出す先走りを何度も啜る。

「ぁ……っ、ひ、……ん、んんッ」

強く吸われると漏れ出す感覚があって、キアルは思わず右手をクラウディオの頭に添えた。彼の頭を引き離したいのか、それとも深く含んで終わりにしてほしいのか、自分でもわからない。ただ髪を摑むと、クラウディオはあやすように先端を唇で押し包んだ。すぼめて圧迫し、ざらついた舌で舐め回されて、ひりつく快感が駆け抜ける。よすぎる。腹が痙攣する錯覚に見舞われて身体をしならせ、キアルは勢いよく射精した。

「――――っ、……っ」

クラウディオが喉を鳴らして飲み込んでいる。おいしいんだ、とキアルは思った。

(僕のを……こんなに一生懸命、飲んでる――)

味わってくれている、と感じるのは、経験したことのない満足感だった。彼はキアルの射精が終わってもちゅぽちゅぽと口から出し入れする。熱心に残滓《ざんし》を啜り出されて、キアルは痛痒い快感と幸福感に震えた。

「い……っ、ん、ん、……っ」

「うまかった」

もうなにも出なくなった分身をひと舐めして、クラウディオが顔を上げる。伸び上がるようにしてキアルの上にかぶさると、汗ばんだ額から髪を払ってくれた。

「ありがとう、キアル」

穏やかで満足そうな表情に見下ろされ、キアルは浅く喘ぎながら頷いた。心臓はどきどきしていて、余韻で全身が痺れるようだ。

ひどく疲れているけれど、感動したときみたいに胸がいっぱいで、幸せな心地だった。深い充足感に包まれながら、踵を長椅子の上へと持ち上げる。

「その——続きも、ここでしますか？」

長椅子の上は狭いが、横たわればできそうだ、と思ったのだが、クラウディオは微笑して頭を撫でてくれた。

「いや、いい。性行為は必ずしもしなければならないわけじゃない。食事をすると昂《たかぶ》るし、抱けばその分だけ体液も飲めるから、そのまま犯すフォークが多いだけなんだ」

「——そう、なんですか？」

「ああ。今日は涙も唾液も精液ももらったから、十分だ」

クラウディオの表情は穏やかだった。噂とは違うんだ、と思って、キアルは少しだけがっかりした。もう終わりだなんて、ちょっと寂しい。

（……あれ？　なんで、がっかりしてるんだろう？）

まるで抱かれたかったみたいだ。こんな気持ちになったことはなくて戸惑っていると、クラウディオが短く唇を吸ってきた。

「ぁ……っ」

下唇だけを食《は》むように吸われて、小さく声が出る。だるい身体からはいっそう力が抜けた。二度、三度と口づけてもらうとなんだか眠くなってきて、まぶたが落ちそうになった。

「疲れたなら眠ってもいいぞ」

「ん……、でも」

「無理するな」

優しく言ったクラウディオはもう一度キスしようとして、急に険しい顔つきになった。

「……クラウディオさま？」

クラウディオは窓のほうを睨んだものの、すぐに目つきをやわらげた。

「なんでもない。そろそろ、トルタ宮まで送っていこう」

彼はキアルを抱き起こすと服を着るのを手伝ってくれ、キアルは首を横に振った。

「ひとりで戻れますよ……ちょっと、休めば……」

そう言ったものの、首を振ったはずみで身体がふらふらと揺れてしまう。横倒しになりかけたところを、クラウディオが抱きとめた。

「だめだ。その様子じゃ歩くのもつらいはずだし、歩けたとしても、ここはフォークだらけなんだ。おまえを喰おうとするやつがいるとは思えないが、万が一にでも危険があっては困る。——家に帰すのは、もう少し待ってもらってもいいか？」

「……いいんですか？」

甘だるい意識にぱっと嬉しさが広がって、キアルは頷いた。

「僕は、できるだけクラウディオ様と一緒がいいです。家に帰るなら……クラウディオ様にも一緒に行ってほしい。両親も、会いたいって思ってる、はず、……」

話したいのに、舌が重たくて呂律があやしくなってくる。目眩に目を閉じると、クラウディオが髪を撫でた。

「もう眠っていい」

キアルの腕を自分の首に回させて、かるがると抱き上げる。人に見られたら恥ずかしい、とぼんやり思ったが、彼が歩き出すと、ゆらゆらする振動にいっそう強い眠気が襲ってきた。

精液を飲まれるだけで、起きていられないほど疲れてしまったのだ。フォークとの行為は、普通の性行為とは違うようだ。

（——もっと、体力つけなきゃ……）

だるいけれど、食べてもらえてよかった。トルタ宮にもうしばらくいられそうだから、また食べてもらおう。そう思いながら、キアルは力を抜いてクラウディオに身を委ねた。

翌日から、クラウディオはキアルと一緒に朝食の席につくようになった。

口にするのは水だけだが、キアルが食べる姿を見るのが楽しいのだと言う。少しでも栄養を取ってほしくて、キアルは毎朝「味見だけでもしますか？」と切り出すのだが、「今日はいい」と断られてしまうのだけが残念だった。

（僕だって、毎回キスしますかって聞いてるみたいで恥ずかしいのになあ）

いっそ明日は玉ねぎをテーブルで刻んで涙を流そうか、と考えながら、キアルは厨房で玉ねぎを手にした。翌日のためにパンを焼くのが、最近の日課だ。今日は玉ねぎとチーズの入ったパンにするつもりだった。クラウディオが、味覚があったときは甘いものよりは塩からいもの、苦いもののほうが好きだった、と言ったからだ。

（今日は玉ねぎチーズ、明日はナッツとハーブのパンにしよう。オリーブの実を入れたら少し苦味も出るし、香りもよくなるはず）

テンポよく玉ねぎを刻みはじめると、外口が開いた。入ってきたのはトニーだった。

「こんにちは、トニー」

「やあ、今日も精が出るな」

運んできた野菜を棚に置き、トニーは額の汗を拭うと笑顔で振り返った。

「昨日焼いてくれたパン、好評だったぞ。ありがとな」

「ほんとですか、よかった」

ひとりでは食べきれないので、特別聖堂に持っていってもらい、使用人やケーキの人たちに食べてもらうことにしたのだ。

「ダッコの親父も最初は面白くなさそうな顔してたけど、キアルがレシピをつけてくれるから、最近じゃ楽しみにしてるみたいだ」

「父に伝えたら喜びます。今度手紙に書きますね」

キアルは玉ねぎを刻むのを中断してお茶を淹れた。もうすぐ彼が来るだろうとお湯は沸かしていたから、すぐに差し出すと「気がきくなあ」としみじみ言われる。もの言いたげに見つめられて首をかしげると、トニーはぽりぽりと頭をかいた。

「あんたが来てもう二十日くらいは経つよな」

キアルは頷いた。もう二十日も過ぎてしまった。そのあいだ、二回しかクラウディオは「食事」をしていない。あまり役に立てていないと思うのだが、トニーは感嘆したように言った。

「すごいよ。近ごろ特別聖堂の空気がいいんだ。クラウディオ様が以前よりぴりぴりしてないし、そのおかげでゼシウス様の機嫌もいい。噂じゃ、クラウディオ様を殺そうとする貴族もいなくなったって話だ」

最後の一言に、キアルは俯きかけていた顔を上げた。

「じゃあ、クラウディオ様はもう安全なんですか？」

「そうらしいな。ゼシウス様が上機嫌でしゃべってるのを聞いたやつがいるんだ。みんな捕まるか諦めるかしたって……そんなに喜んで、キアルは本当にクラウディオ様思いだなぁ」

呆れつつも、トニーはお茶を啜ると笑顔を見せた。

「よかったな。キアルが気に入られた理由はおれにもわかるよ。あんた、いいやつだもん」

「そう言ってもらえると嬉しいです」

褒められたこともだが、クラウディオの命を狙う者がいなくなったことが嬉しかった。ほっとして自分の分のお茶も淹れ向かいに座ると、トニーは頬杖《づえ》をついた。

「パン作りはうまいし、両親にとっては自慢の息子だろ。クラウディオ様にとっては救世主ならぬ救いのケーキだもんな。クラウディオ様が毎日トルタ宮詣でしてるって、城中の噂だぞ」

「そんなに噂になってるんですか?」

城中は言いすぎでは、と思ったが、トニーは何回も頷いた。

「考えてもみろよ、殿下はフォークだとわかってから十年以上も、選り好みが激しくてめったに喰わなかったんだぞ。喰ったら喰ったですぐに追い出すような方が、キアルが来てからは毎日喰ってるんだ。誰だって驚く」

「……毎日ってわけじゃ——」

たしかにクラウディオは毎朝来るが、キアルを食べてはいない。キアルの食事風景を見ているだけなのだ、とキアルは説明しようとしたが、トニーは同情する目つきで手を振った。

「いいって、わかってるから隠すなよ。おれたちにとってもありがたい話だ。いつ獣になるか怯えてなきゃいけないのと、大丈夫そうだって思えるのとじゃ、全然違うからな。……でも、もったいないよなあ」

トニーの口調はいつも嘘がない。素直に気持ちが表れる彼の声には、言葉どおり惜しむ色があった。

「キアルがケーキじゃなきゃ、クラウディオ様が落ち着くことだってなかったんだから、こんなことを言うのは筋違いだけど、あんたがケーキだなんて残念だ。ケーキじゃなかったら、おれたちと一緒に働いてもらえるのにさ」

これは、礼を言うべきだろうか。迷ってキアルは曖昧に微笑んだ。

「あ、その顔は信じてないな？　ほんとに残念だと思ってんだ。おれはダッコほど長く勤めてるわけじゃないけど、四年はいる。でもこれまで、おれたちと一緒に料理しようとか、仕事を手伝おうとするケーキなんていなかったし、そもそもこんなふうに普通に話すこともなかったんだ。きっと町でキアルに出会ってたら、いい友達になれただろうなって思うよ」

「……僕もトニーのことは好きです。いつも親切だから」

正直な人だ。ケーキだからどんなに好ましくとも友人にはなれない、と言われたも同然だったが、悪気がないのは伝わってきて、キアルは穏やかな気持ちになった。最初の、露骨に蔑まれていたのに比べたら大進歩だ。

トニーは鼻先をかき、まんざらでもなさそうな顔をする。

「で、今日はどんなパン？」

「玉ねぎとチーズのパンです」

「いいね、それならおれも作ったことがある。手伝うよ」

お茶を飲み干してトニーが立ち上がり、並んで作業をはじめようとしたとき、急ぎ足でデメルがやってきた。

「キアル、すぐに支度できる？　クラウディオ様がお見えで、町に出かけないかってお誘いなの」

「クラウディオ様が？」

キアルは驚いてトニーと顔を見あわせた。デメルが半分刻まれた玉ねぎを見て申し訳なさそうにエプロンを握った。

「わたしが前に、キアルが退屈してるって言ったからだと思う。ごめんなさいね、パン作りがあったわよね」

「いいよ、行ってこいよ。殿下の誘いじゃあ断れないだろ。おまえほどうまくは作れないかもしれないが、パンは焼いておくからさ」

トニーが頼もしく請けあってくれ、キアルはナイフを置いた。

「すみません、お願いします」

「トニー、わたしも手伝うわ」

デメルが腕まくりして、キアルに行ってらっしゃいと微笑んでくれる。ありがとう、と返して、キアルは急いで手を洗った。驚いたけれど、クラウディオが気遣ってくれたのが嬉しかった。

厨房を出ると、後ろからはトニーたちの会話が聞こえた。

「気に入った途端にあんなに寛大だなんて、殿下も極端だなあ」

「ゼシウス様もケーキにはお優しいでしょう。ローレンス様も鳥にも花にも慈しみ深い方だもの、きっとお妃様の血筋がお優しいのよ」

デメルの自慢げな口調にくすりとして、キアルは足を速めた。

◆　◇　◆

クラウディオにとって、城壁の内側も外側も、居心地の悪さは大差ない。どちらも怯えと恐れから、腫れものに触るような対応をされるからだ。もう十年余りこの状態だから、見られること、慌てて避けられること、通り過ぎたあとに囁かれる好意的でない言葉などは、ほとんど気にならなくなった。

「……耳とか尻尾って、隠さないんですね」

隣を歩くキアルのほうがいたたまれないようだ。ちょうどすれ違った男性二人の会話が聞こえた直後だった。見たか、あの尻尾。王子様じゃないのか？　王の愛人を喰ったあの王子サマ——というやりとりを、キアルも聞いたのだろう。ああいう輩は、あれは兄を助けるためであってサモーラはただの人間だから喰うことはない、と説明したところで無駄なのだ。

「あいにく、耳も尻尾も敏感なんだ。布で覆うと不快で落ち着かなくなるから、どのフォークもめったに隠さない。それに、隠していてなにかのはずみで見られたら、かえって人々を不安にさせてしまうからな。出しておけば、いやだと思う者は避けられる」

「たしかに——そうですね」

思案げな表情で頷いてから、キアルははっとしたように視線を上げた。

「すみません。隠してほしいと思ってるわけじゃないんです。……いやな気持ちになりました？」

「大丈夫だ」

このあいだつい苛立ってしまったせいだろうか。気分を害さないかと案じているのが伝わってきて、クラウディオはなるべく穏やかに返したつもりだったが、キアルは言い募った。

「クラウディオ様の尻尾も耳も、かっこよくて素敵です」

「――――そうか」

「髪とも服ともあってるし、僕は好きです」

クラウディオを上から下まで眺めてきっぱりと言ってくれるのは優しさで、たぶん無自覚だ。クラウディオは耳が熱くなるのを感じて、ぴるりと動かした。今日ばかりは、人間の耳が退化してしまっていてよかったと思う。人間の耳なら真っ赤になっていただろう。

(キアルはいつも俺の意表をついてばっかりだ)

それも、いい意味で驚かせてくれるのだ。

この前、特別聖堂で「友達だから」と言われたことを思い出して、クラウディオは口元を隠した。あれがどれほど嬉しかったか、苦しいほどだったか、キアルにはきっとわかるまい。やはりキアルはクラウディオにとって、かけがえのない宝物だ。こうして見つめているだけでも、心も肉体も満たされていく気がする。

否、「気がする」だけではない。キアルの身体は、涙だけでも不思議なほど飢えを癒してくれるのだ。満ち足りた心地は、クラウディオにとって、もう長いこと味わったことのないものだった。

ひそかに見下ろしたキアルは、もの珍しそうにあたりを見回していた。

「やっぱり人が多いですね。いつもこんななんですか？」

「普段どおりだと思う。俺も、頻繁に外に出るわけじゃないからわからないが」

公務で城を離れるときや、用事があるとき以外は出歩かないのだ。だから正直、町の中のどこになにがあるかも、詳しくはなかった。放ってはおけずに連れ出したものの、ここならキアルが喜ぶだろう、と確信を持てる目的地もない。

「どこか行きたい場所はあるか？」

キアルはクラウディオをじっと見つめてくる。意図の読めない真顔に、クラウディオは内心たじろいだ。

「……なんだ？」

「いえ。クラウディオ様が行きたい場所はないのかな、と思って」

「キアルの気が紛れるかと考えただけで、俺が行きたいところは特にないが」

「じゃあ、とりあえず目的地は決めないで、もうちょっと歩きましょう」

「わかった」

外出は彼のためだから、キアルがそれでいいなら、クラウディオに否はない。

本来ならば、とっくに家に帰してやれるはずだった。最初に会って以来、ゼシウスはキアルへの興味をなくしたようだった。だからあの日、今日が最後だと思って、クラウディオは自分に、涙を口にすることと口づけを許した。精液を飲んだのは、半分以上は昂ってしまったキアルのためだ。

だがあのとき、部屋の外、おそらくは窓の下で盗み見ていた者がいた。気配はすぐに消えたし、あとで裏庭を確認しても痕跡は残されていなかったが、ということはつまり、フォークが見ていた、ということだ。ただの人間が、あれほど巧妙に気配や痕跡を消すことはできない。

　誰かがキアルを欲望まみれの目で見たのだと思うと煮えるような怒りが湧いて、帰すわけにはいかなくなった。たとえ自分で送り届けたとしても、目を離せば襲いかかるやつがいるかもしれない。

　グラエキアではフォークは聖騎士になると待遇がいいから、あえてならない、という者はほとんどいない。だが、騎士としての仕事で都を離れたついでに、地方でケーキを喰う者もいる。少数だが離島の監獄に入れられている者もいるし、異国から入り込んだフォークがどこかにひそんでいる可能性もある。これまでキアルが無事だったのは、あの町が寂れていて、フォークがめったに行かない場所だったのと、店が町外れにあって目立たずにすんでいたからだろう。町の近くを通る山脈には、かつてフォークが出没したという山があるものの、ここ数十年は、あの近辺で人やケーキが襲われたという記録は残っていない。

　安全な町でキアルが育ったのは幸運だ。だが、フォークたちがキアルの存在を知った以上、追いかけて襲おうとする輩がいないとは限らない。

　そう思うと、クラウディオはとてもキアルを手放せなかった。王子がキアルを寵愛していると皆が知って、手出しする気をなくすまでは、トルタ宮にいてもらうしかない。

「すまないな、キアル」

　つい声に出すと、キアルはこちらを振り仰いで破顔する。

「どうしたんですか、急に」

「退屈させているから」

「最近は大丈夫ですよ。それに今日は、すごく楽しいです」

グラエキアの首都は国の規模に見あった大都市だ。丘に立つ城を中心に円形に広がり、西側は海に面している。城から港までは、歩けば三時間余りかかる距離だった。大通りも複数通っていて、どれもが各地の主要都市へ続く街道になっている。

西に向かう道を選ぶと、キアルは感嘆の声をあげて色タイルでできた建物を見上げた。

「首都はカラフルなんですね。僕の町とは全然違う」

「南部に行くともっと色鮮やかな町もあるぞ。真っ青とか、赤とピンクと黄色の町とか」

「初めて聞きました。楽しそうだな」

想像したのか、キアルの目が明るく輝く。

「キアルには似合いそうな町だ。俺は──ああいうところは、落ち着かない気がするが」

「そういえばクラウディオ様は、聖騎士の服は着ないんですね」

聖騎士の制服は鮮やかな色が使われている。クラウディオが身につけているのはいつも黒一色だ。

「あれは派手で装飾が多くて、あまり好きじゃないんだ」

「クラウディオ様ならどっちも似合うと思いますけど、でも、落ち着いてるほうが好きっていうのもクラウディオ様らしいですね。僕もクラウディオ様が着るなら、黒が好きだなあ」

キアルはまた耳が熱くなるようなことを言い、クラウディオはふとその顔を見直した。

「キアル、機嫌がいいな？」

「わかりますか？　実はさっき、トニーがクラウディオ様のこと褒めてたんです」

くすくすと笑うキアルの前髪が風で揺れて、目が奪われる。綺麗だ、という気持ちと聞き慣れない名前を訝《いぶか》しむ意識がまじりあい、数秒見惚れてからクラウディオは聞いた。

「トニー？」

「トルタ宮で料理を作ってくれている人です。特別聖堂から来てくれてます。パンを焼きに厨房に行くようになってから、だいぶ仲良くなったんですよ」

「楽しくやれているならよかった」

心からそう思ったはずが、なんとなく、胸につかえがあった。トルタ宮の中で退屈がしのげて、寂しくない時間が過ごせているのならいいことなのに、微妙にむっとしてしまう。あとでトニーとやらについて調べなければ、と思いながら、クラウディオも周囲を見回した。

「たしか、このあたりにはいろいろな店があるはずだ。なんでもほしいものを買うといい」

「ほしいものはないです」

キアルはびっくりしたように首を横に振った。

「こうやって歩いてるだけでも十分です」

「だが、いつまでもただ歩いていても、面白くないだろう」

クラウディオには、歩くのが楽しい、というのはわからない感覚だ。

「楽しいですよ。いろんなものが見られるし、こうやって話もできるから」

「だが、それでは城に帰ってからがまた退屈じゃないか。宝石とか、服とか、いらないか？」

「服ならもう十分あるし、宝石を買っても退屈しのぎにはならないでしょう。それとも、貴族の人たちって宝石で遊ぶんですか？」

聞き返されるとクラウディオは言葉につまった。

「遊ばない……と、思う。普通は狩猟だろう。あとはチェスだな」

「チェスは町でもやります。あとはトランプかなあ。クラウディオ様はやったことあります？」

「トランプというのはないな」

見たこともなくて、どんなものかも想像がつかなかった。キアルは背伸びするようにして通りを見渡し、なにげなくクラウディオの手を取った。

「だったら、ひと組買って帰りましょう。売ってる店は探せると思います」

「探すって……キアルはもしかして、この町にも詳しいのか？」

先に立ってどんどんと歩くキアルに手を引かれ、クラウディオはえもいわれぬ熱を感じた。摑まれたところ。腕と、なぜか心臓も——痛いような、くすぐったいような熱を帯びる。

「詳しくはないです。来たときは少しでも早く城に行きたかったから、通り抜けただけなんです。でもだいたいはわかります。町の構造って、どこでもそんなに大きくは変わらないから」

「頼もしいな」

言葉どおり、キアルはしばらく歩くと一軒の店に入り、ありました、と棚を指した。そこにはインクや紙、サイコロやチェスが並べられていて、キアルが示した箱の中には、さまざまな絵柄のカードがおさめられていた。

さっそく店主の元へ持っていくと、彼はびっくりしすぎて呆然《ぼうぜん》としていた。キアルが気さくに声をかける。

「おじさん、こんにちは。いい天気ですね」

「あ……ああ。ええと、そちらがご入用で……？」

店主の目はクラウディオとキアルのあいだを行ったり来たりしていた。フォークだ、黒豹だ、とでも思っているのだろう。黒豹ならば王子のクラウディオしかありえない。連れのキアルも身分が高いとあたりをつけたのか、戸惑いながらも両手を揉《も》んだ。

「お包みしてお届けいたしましょうか」

「いいえ、持って帰ります。おいくらですか？」

キアルはあくまでもにこにこしている。帰ったらすぐに遊ぼうと思って、と笑いかけると、店主もつられたように笑みを浮かべた。

「絵柄が綺麗でしょう。東方文化の色使いです」

「初めて見ました。こんなに素敵なトランプがあるなんて、さすが首都は違いますね。家は国の東側だから、首都に来たのは初めてで」

へえ、と店主の声がくだけた。

「うちの娘があっちのほうに嫁いだよ。ピチェノってところさ」

「ああ、大きい町ですよね。僕のところはもっと田舎《いなか》で、小さい町です」

声を弾ませてキアルが身を乗り出す。

「このあとも町を歩いてみようと思ってるんですが、近くに、おいしい飲み物を買えるところはありますか？」

「ジュースなら東に上がって一本目の道を左に入るとうまい店があるよ。お茶なら同じ通りを右だ。広場が近いから休憩にもいい」

「助かります、ありがとうございます。トランプ、おいくらですか？」

「銅貨七枚でいいよ」

値段を聞いて、クラウディオは黙って革袋から銀貨を出した。店主はクラウディオが王子だと思い出したようで青くなったが、キアルが「いいのが買えてよかったです」と微笑むと、ほっとした表情になった。

店をあとにし、クラウディオは感心してため息をついた。

「あんなふうにすぐ打ち解けるなんて、キアルはすごいな」

最初から好意的な相手ならともかく、店主は緊張していたはずだ。キアルは小箱の入った袋を手に、おかげさまで、と笑った。

「クラウディオ様が僕を友達にしてくれたあとは、町の人たちと仲良くなれたんですよ。お客さんとも毎日話すし、友達も多いほうだと思います」

「……友達が、大勢いるのか？」

「そうですね。同年代はだいたい顔見知りだし、よく一緒に食事をしたり、出かけたりする仲間もいますよ。近所の歳の離れたおばあちゃんやおじいちゃんも、僕は友達だと思ってます」

キアルはにこにこしていて、クラウディオは複雑な気持ちで「そうか」とだけ返した。なんとなく、キアルの友人が自分だけなような気がしていたのだ。だが実際は、クラウディオと違って、彼にはたくさんの友達がいる。

孤独でないのは喜ぶべきことだ、とクラウディオは己に言い聞かせた。

「キアルは優しいからな。友達が多くて当然だ」

「僕、べつに優しくはないですよ？」

「優しいだろう。明るくて親切だし、声も態度も、いい人柄だと伝わるから好かれるんだ」

「そうだったらいいなとは思ってますけど」

苦笑いしたキアルが、こっちです、と道を曲がる。店主の教えてくれた通りだった。ほどなくお茶が飲める店を見つけ、店先の席に腰を下ろす。ここでも店の女性に驚かれたが、キアルが愛想よく振る舞うと、そっとしておいてくれる気になったようだった。

「ほら、まただ。彼女もキアルのことを気に入ったぞ」

「僕が大勢の人に好かれるとしたら、クラウディオ様のおかげですよ」

頬杖をついて、キアルはじっとクラウディオを見つめてくる。

「初めて会ったときのクラウディオ様が、優しくてかっこよくて、素敵だったから、こんなふうになりたいって思って努力したんです。きっとあなたと出会わなかったら、僕はこんな性格にはならなかったし、人に好かれることもなかった」

「そんなことはない」

キアルは初めて会ったときから眩しいほどまっすぐだった。ためらいもなくクラウディオに触れてきて、あっさりと心に入り込み、大丈夫だよ、と言ってくれた。

「キアルは最初から、俺の何倍もいい人間だ」

キアルはなぜか噴き出した。

「褒めあいっこですね」

またもクラウディオには馴染《なじ》みのない言葉を使って、朗らかに笑う。お茶を運んできた店員に礼を言い、嬉しいな、と呟く顔は晴々としていた。

「クラウディオ様と再会したら、こんなふうにいろんな話をしたり、笑ったりしたいって思ってたんです。だから、一緒に出かけられて嬉しい。——ありがとうございます、クラウディオ様」

「……キアル」

喉の奥に、今度は大きな塊がつかえたみたいだった。熱い塊は溶けたかと思うと全身の温度を上げ、尻尾が勝手に持ち上がる。同時に相反する思いが渦巻いた。

会いたかった。会わなければよかった。手離さなければ。離したくない。抱きしめたい。食べたい。慈しみたい。噛みつきたい。笑っていてほしい。組み敷いて誰にも見せずに、繋《つな》ぎとめておきたい。

「……ほかに、」

喘ぎそうになりながら、クラウディオは言った。

「ほかに、したいことはないか?」

「そうですね、普段クラウディオ様がどんなことをしてるのか、知りたいです。たしか北のほうとか、南の島に王家の離宮があるんですよね? ほかの町にはよく出かけるんですか? お城の中でお気に入りの場所は？　好きな歌とか、好きな色とか、知らないことだらけだから聞きたいです」

「たくさんあるな」

キアルの優しさは春風のようだ。目を細めて微笑み、ほんの少しでも報いたい、とクラウディオは思った。彼の思いやりや献身に、同じだけ報いることなどとうていできはしないけれど。

「では、俺がよく行く町に、一緒に行かないか？　俺も、おまえと過ごしたい」

「本当ですか？　嬉しい、行きます！」

半ば立ち上がって、キアルは顔を輝かせてくれる。来週にでも出発しよう、と答えながら、クラウディオは自制を忘れなかった。

これはキアルに報いるふりをして、自分の欲望を満たしているだけだ。だからこそ、気をつけなければ。道中は手を触れず、大切に、大切に扱う。ひとすじの傷もつけずに、キアルに楽しんでもらおう。永遠に別れる前の、せめてもの罪滅ぼしとして。

◆
◇
◆

用意はすべてデメルが整えてくれ、クラウディオの馬に一緒に乗せられて向かったのは、首都から西北の方角にある古い町、ジミニアーノだった。

かつてはグラエキアの神殿の総本山だったという、巨大な神殿が中心になった町だ。海に面しているが、高い山の麓でもあって、夏でも涼しい。信仰の中心としての役割が首都の神殿に移ったあとも、由緒正しい聖地として、一年中聖職者や信心深い旅人が訪れるのだという。

「ここには年に二、三度来ることにしているんだ」

クラウディオは先に馬から降りると、キアルが降りるために手を差し伸べた。摑まって地面に降り立てば、クラウディオが丁寧に上着の裾を直してくれて、キアルはほんのり頰を染めた。令嬢のような扱いに、出迎えに出てきた神官や従者が目を丸くしている。さりげなくクラウディオから離れて、キアルは高い尖塔を見上げた。

「立派な神殿ですね。でも、どうしてここに？」

王家ゆかりの場所、というわけではなさそうだ。王妃が入った修道院があるのは国の南部だし、この神殿は厳粛な雰囲気ではあるものの、豪華ではない。

「フォークに関する書物を読むためだ。城にもフォークの文献はあるが、聖騎士としての戦いぶりを讃《たた》えるものばかりで、史実かどうかあやしい。ここなら、かなり細かい記録も残っているんだ。以前はよくゼシウスが通っていて、フォークについて知りたいならここがいいと教えてもらった」

「ゼシウス様も勉強熱心な方なんですね」

仲がいいんだな、とキアルは思う。

あそこが図書館だ、と示されたどっしりした建物を感心して見上げていると、眼鏡をかけた学者ふうの男が急ぎ足で近づいてきた。恭しく手を組んでお辞儀をしたが、表情は硬い。

「殿下。ようこそお越しくださいました。さっそくですが——」

言いさして、彼はキアルに目を向ける。クラウディオが視線から守るように前に出た。

「今回は休暇のつもりで来た。進展があれば聞くが、先にキアルを休ませてくる」

「お連れ様がいらっしゃると聞いておりましたが、その方なのですね」

彼は眼鏡を押し上げ、小さく頷いた。

「神に仕える場所ですから豪華なものは用意できませんが、精いっぱいおもてなしさせていただきます」

「ありがとうございます。でも、特別なことはしていただかなくて大丈夫ですから、おかまいなく」

キアルは恐縮してしまった。普段クラウディオがどんな生活をしているか知りたい、とは言ったが、こんなふうに手間をかけさせるつもりではなかったのだ。

クラウディオは馬を小間使いの少年に預けると、こっちだ、とキアルを呼んだ。

「部屋には俺が案内しよう」

クラウディオは尖塔があるのとは別の棟へと、迷うことなく進んでいく。キアルは困惑顔の学者や神官たちに目礼してあとを追いかけた。

「クラウディオ様。あの学者さん、なにかお話があったんじゃないですか？」

「あとで聞くからいい。それより、キアルが疲れただろう」

連れていかれたのはこぢんまりとした部屋だった。キアルにはほっとする大きさで、窓からは素朴で美しい中庭が見える。ハーブばかりが植えられているのが、いかにも神殿らしかった。調度は寝台と書き物机、小さな丸テーブルと椅子が二つ、箪笥《たんす》がひとつと簡素だが、寝具は清潔で、テーブルには水差しが置かれている。

「太腿はもう痛くないか？」

キアルを寝台に座らせて、クラウディオが顔を覗き込んでくる。心配そうな表情に、キアルは笑顔を返した。

「もう大丈夫です。昨日クラウディオ様が揉んでくれたおかげですね」

「馬に乗り慣れていないのに、無理をさせてすまなかった」

しょん、としおれたように豹の耳が下がっている。首都からジミニアーノまでは馬で五日の距離なのだが、クラウディオはせっかくだからと、途中でいくつかの町に立ち寄ってくれた。供も護衛もない二人きりの旅は楽しくて、初めて見る場所はどこも新鮮で面白かったが、いかんせん、キアルは馬に乗ったことがなかった。首都に向かうときは、顔見知りの商人に頼んで荷車に乗せてもらったあと、細くて古い山道は徒歩で抜けてきたのだ。

馬を操るのはクラウディオがやってくれたから、ただまたがっていればいいと思っていたのだが、

「ただまたがるだけ」が大変だった。思いのほか揺れるので脚に力が入り、一日でしっかり筋肉痛になった。どうにか隠していたものの、痛みは日に日に強くなり、一昨日、ついに気づかれてしまった。それで昨日は別の町で休み、クラウディオ自ら、マッサージしてくれたのだった。

以来、彼はキアルの心配ばかりしている。

「貼り薬も効いて、すっかりよくなってますよ」

実際もう痛くないのだが、クラウディオはキアルの頭を撫でて「無理するな」と言う。

「お茶と甘いものを運ばせる。夕食までは時間があるから、少し寝てもかまわない。それとも、町に出てみたいなら、抱いていってもいいぞ」

「歩けますってば」

過保護ぶりに笑って言い返し、キアルは首を横に振った。

「出かけるのは明日にします。クラウディオ様、文献を読みにきたんでしょう？」

「興味があるなら、図書館に一緒に来てもいい。内容は楽しいものじゃないが」

「学者の方がお話ししたそうでしたし、僕は休んでます」

そのほうが学者も気兼ねしないだろう。クラウディオがやりたいことを邪魔する気もなかった。

クラウディオは迷ったようだが、結局頷いた。

「では、あとで。なにかあれば誰かに言いつけてくれ。部屋のすぐ外に待機させておく」

「それじゃ申し訳なくてかえって眠れませんよ。僕はひとりで大丈夫ですから、クラウディオ様もゆっくり調べものしてきてください」

戸口までクラウディオを見送って、扉を閉めると、知らずため息が漏れた。

至近距離で見つめられたり撫でられたりしたせいか、押さえた胸がどきどきしている。最近、ずっとこうだった。

首都を出て八日。出発前からクラウディオはずいぶん態度が変わっていた。以前も紳士的で優しかったが、最近はもっと――うまく言えないけれど、例えるなら恋人でも扱うかのような優しさなのだ。

毎朝朝食の時間をともに過ごすだけでなく、夕方には庭の散歩に誘ってくれたり、一緒にトランプで遊んだり。子供のころ使っていたという、城の部屋も見せてくれた。逆に、パンを焼くところが見たいと厨房まで彼が来て、トニーが卒倒しそうになって逃げていったこともある。キアルがひとりの時間は、特別聖堂以外ならどこへ出かけてもよく、ただし行き先だけはデメルに伝えておくようにと念を押されていた。

どれもキアルが退屈しないようにと考え、キアルがやりたいと言ったことを叶《かな》えてくれようとした結果だ。過剰なくらい大切にされるのはどぎまぎもしてしまうけれど、十一年の空白が埋まるように思えて幸せだった。けれど。

「なんだか、急いで全部やってしまおうとしてるみたいなんだよな……」

優しくしてもらえるのは嬉しい。だが同時にいたたまれず、不安な気もするのだった。

（きっと、クラウディオ様はまだ、近いうちに僕を家に帰すつもりなんだろうなぁ）

キアルとしてはできるだけ長く一緒にいたいと思っているのに、クラウディオにはその気がないなんて残念だ。

大事にはしてくれるのにな、と再度ため息をついてしまってから、キアルは気を取り直して窓から空を見た。いい天気だ。季節は夏から秋へと移ろいつつあり、夕方には気温が下がりそうだった。上着を厚手のものに着替えて、キアルはそっと窓から外へ出た。

ひとりでジミニアーノの町に出て、調べたいことがあった。昨日休憩した町で食事をしたとき、クラウディオが先に店を出た数秒のあいだに、近くの席から会話が聞こえたのだ。

「助かったな。噂のフォークじゃなかったみたいだ」

「ていうか、あいつはなんの獣だ？　見たことない耳だ」

「──まさか、例の殿下か？」

「いや、王子様はこんなとこには来ないだろう」

キアルは振り返るのをこらえて、すばやく店を出た。黒豹のフォークはクラウディオしかいないと、国民なら皆が知っているはずだが、見慣れないと豹の耳はそれとわからないようだ。意外な気がするのと同時に、クラウディオの素性を知らないまま、彼らが警戒していたのが気になった。

噂ってなんですか、と尋ねたかったが、キアルがクラウディオの──フォークの連れだということは、会話の主も見ていたはずだ。話しかけてもいい顔はされないだろうと思うと、聞けなかった。フォークが町の中でどれほど忌避されるかは、この前一緒に首都を歩いたときも、この道中でも思い知っていたからだ。

彼らの雰囲気から察するに、いい噂でないのは明らかだ。だがキアルは、王の愛妾を襲ったクラウディオのこと以外に、特定のフォークの噂を聞いたことがなかった。

城では話題になっていなかったが、最近なにかあったのだろうか。あるいは、またクラウディオに関して、根も葉もない悪い噂が出回っているのかもしれない。

ジミニアーノの町でなら、まだキアルがクラウディオと一緒に来たと知らない人も多いはずだ。今のうちにひとりで調べてみようと思い立ったのだった。

幸い、神殿の敷地に人の姿はほとんどない。皆建物の中にいるようだ。そっと抜け出して通りに出てしまえば、キアルは目立たない存在だった。

ジミニアーノの町は大きく二つに分かれている。海沿いの比較的平坦な場所に広がる新市街と、以前は聖職者たちの修行の場だったという、街門に囲まれた要塞のような旧市街だ。活気があるのは商人たちが造ってきた新市街のほうだが、聖堂のある旧市街にも宿や店がある。来る途中に見た新市街より人の数は少ないが、十分に賑わって活気があった。白茶けた石造りの街並みは重厚で、いかにも歴史ある信仰の町、という雰囲気だった。

目についた茶葉の店に入って、小さな缶を買うついでに、最近フォークについての噂があるみたいですが、と切り出してみたが、店主の女性は知らなかった。次のスパイスの店では怪訝そうな顔をされてしまい、キアルは露店を探した。噂話に詳しい庶民の巡礼者がよく利用するのは、手軽に食べられる露店だ。

焼いた肉をパンに挟んだ軽食を出す店で、銅貨と引き換えにパンを受け取り、ついでのように聞いてみる。

「隣の町でフォークの話を小耳に挟んだんだけど、なにか知ってる？」

店主の男性は、胡散臭《うさんくさ》そうにキアルを眺めたあと、「旅でもしてるのか？」と聞いてきた。食べながら頷くと、彼は声を低めた。

「ここの神殿はたまにクラウディオ殿下がお見えになるんだ。だからおおっぴらにフォークの悪口は言えんが、気をつけたほうがいい。最近、北部の町でフォークが暴れたらしいんだ」

「暴れたって……聖騎士が？　ケーキをさらっていったとかじゃなくて？」

「制服は着てなかったらしいな。さらわれたやつがいるかどうかはわからないが、怪我したやつがいるらしい。ケーキじゃない、普通の人間さ」

にわかには信じがたい話だった。フォークならば無論、人間よりも力は強い。暴力をふるわれればひとたまりもないだろうが、彼らが人間を襲う理由はないはずだ。

「その人がフォークを怒らせたとか、なにかわけがあったんじゃない？」

かぶりついた肉サンドはおいしかったが、味を楽しむ気にはなれなかった。そこまでは知らないよ、と店主は肩を竦めた。

「けだものの理屈なんか、人間にわかるわけない。でもときどき、聖騎士になりたがらないフォークが、どこぞの山に住んでる、とかいう噂が出るのは事実だ。このへんじゃ珍しいけど、山道で獣に襲われたりとか、若い娘が行方不明になるのはそういうフォークのせいだって話が、北部には多い」

「そうなんですね」

キアルの町は国の南東にあるせいか、フォークが出没する話はほとんど聞いたことがなかった。かわりに子供を怖がらせる逸話として魔物の話があるけれど、魔物は海にも山にもいると言われているから、北部の噂話とは性質が違うのだろう。元来、フォークが生まれるのは北部が多いともいう。

（たしか、トニーも似たような話をしてたよね。昔話とか伝承みたいなものかと思ってたけど、今もまだあるんだ）

「俺はあんまり信じてないが、国境近くなら、隣の国から流れ込むフォークもいるだろ。王子殿下みたいに以前は評判がよかったフォークでさえ、獣になったら恐ろしいんだ。あんたも、北に行くなら気をつけな」

「うん。ありがとう」

礼を言って店を離れ、神殿に戻ろうとしたものの、足取りはどうしても重くなった。

店主が話してくれた噂を聞く限り、本当にフォークが人を襲ったのかどうかはあやしいと思う。暴れた人間がいて、怪力だったから「きっと耳と尻尾があったんだ」と思い込まれた、ということだってありそうだ。それくらい、フォークは恐れられ、忌避されているから。

（乱暴なフォークはいるかもしれないけど、クラウディオ様とかゼシウス様みたいに、穏やかな人だっているのに）

よく知らないせいで嫌われているとしたら、もったいないとキアルは思う。

聞いたことは、クラウディオに伝えたほうがいいだろうか。でも、ただのたちの悪い噂ということもある。事実ならいずれ、城にも話が伝わるだろう。

キアルは迷って、もう少しだけ歩いて決めてから帰ることにした。

お祈り用の蠟燭《ろうそく》を売る店や筆記用具の店、書物を売る店などを眺めながら坂道を下り、別の道を通ってみようと角を曲がったとき、大きな張り出し窓が目についた。窓いっぱいに並べられているのは飾りボタンだ。

飾りボタンはマントを留めるのに使うもので、騎士はもちろん、上流階級の人々の礼装などに使われる。質素が尊ばれる信仰の町には不似合いな店にも思えたが、どれも紅い宝石が使われていて、キアルは覗き込んだ。

クラウディオがくれたブローチによく似ている。城に置いてきてしまったから見比べられないが、金の細工の細かさや、紅色の濃さはそっくりだ。あのブローチも、もしかしたらこの店で買ったのかもしれない。紅い宝石はこの地方の特産だろうか。

興味が湧いたものの、高価な品ばかりだと思うと店に入るのはためらわれた。どう見ても買えそうにないキアルでは、客として歓迎されないだろう。

あとでクラウディオに、子供のころもこの町に来たことがあるか聞いてみよう、と思いながら、キアルは窓から離れようとした。

そのとき、背後から人が近づく気配がした。場所を譲ろうと振り返り、キアルは目を丸くした。

「……ドーセオ様？」

「やあキアル。ひとりで買い物か？」

聖騎士の制服ではない、目立たない旅装ではあったが、黒っぽい灰色の狼の耳と尻尾、恵まれた体格と押しの強い顔立ちは忘れようがない。ドーセオは通りすぎる人たちがちらちらと視線を投げかけても無頓着で、キアルに寄り添うようにして窓を覗き込む。

「宝石か。ほしいなら買ってやろうか」

「いえ、ほしくて見てたわけじゃないです。──ドーセオ様は、どうしてここに？」

なぜ聖騎士の服を着ていないのかが気になった。だがドーセオは質問には答えない。

「遠慮することはないぞ。ケーキには気前よくしろと、ゼシウス様もよく言ってる」

にやりと笑ったドーセオが店に入ろうとして、キアルは割り込むようにしてとめた。

「本当に必要ないんです。宝石の色がクラウディオ様から……いえ、クラウディオ様に、似合いそうだと思って、見ていただけですから」

「へえ、クラウディオ様にねえ」

呆れたように語尾を伸ばして、ドーセオは並んだ飾りボタンとキアルを見比べた。

「似合うかもしれないが、装飾品なんてもう腐るほど持ってるだろうよ。気を引きたいならプレゼントじゃなく、色仕掛けにしな」

「──」

「おまえが贅沢したいなら、クラウディオ様にねだればいいんだ。ゼシウス様ほどじゃなくても、殿下もケチじゃない」

キアルは黙っていた。クラウディオにもらったことを咄嗟に伏せたのは、あのブローチはなにかの対価ではなく、友達の証なのだと説明しても、わかってもらえない気がしたからだ。ドーセオは興味をなくしたのか通りを見回して、「で？」と聞いた。

「そのクラウディオ様はどこだ？　近くにはいないみたいだが」

「クラウディオ様なら、上の神殿です」

「ああ、そういや、この町にはよく通ってるんだったな。そりゃケーキには退屈だろうなあ」

ドーセオは上から下までキアルを眺めたかと思うと、ぐっと肩に手を回した。

「気持ちはわかるが、殿下もおまえがひとりでうろうろしてちゃ心配だろう。甘いものでも買ってやるから、おとなしく帰りな。送っていってやる」

「ひとりで大丈夫です。甘いものもいりません」

大きな手でがっしりと摑まれて、ざわりと悪寒がした。自分がひどく小さく脆《もろ》い存在に感じられる。ドーセオは上背こそクラウディオやゼシウスにはおよばないものの、横幅と厚みがあって、いかにも頑強だった。

持ち上げるようにしてキアルの身体の向きを変えさせた彼は、笑いながら顔を近づけた。

「そう言われても、見かけたのに保護もしなかったなんて知られたら、おれがクラウディオ様に叱られる」

行くぞ、と歩き出されてよろめき、キアルは抵抗を諦めた。すでに何人もの人が自分たちに注目している。これ以上目立ってしまったら、明日から散歩もできなくなるだろう。

（ドーセオ様はこのあいだクラウディオ様のところまで案内してくれたし、大丈夫だよね）

フォーク全員が恐ろしいわけじゃない、とキアルは自分に言い聞かせた。逃げられないように肩を摑まれたままなのは怖いが、彼は悪い男ではないはずだ。

おとなしく従って歩き出すと、ドーセオが機嫌よく口笛を吹いた。キアルの知らない、陽気な調子の曲だ。

「――故郷の曲なんですか？」

尋ねると、ドーセオは驚いたように目を見ひらき、くしゃりと笑った。

「そうさ。グラエキアの北の端の、小さい町なんだ。おまえは？」

「首都よりも南東の、海岸近くです。旧街道が通ってます」

「そっちは気候がよさそうだ」

話せば気さくで、親しげな笑顔を見ていると怖さも薄れてくる。キアルは小さく身じろいだ。

「あの、摑まなくても逃げたりしません」

「そうか？」

楽しそうな表情のまま、ドーセオはふいにキアルの身体を引いた。たたらを踏んだところをなんなく持ち上げられ、キアルは驚いて声をあげそうになった。その口を、大きな手がふさぐ。

「ん――ッ」

しまった、と手足をばたつかせたが、無駄だった。

ドーセオは最初からそこが目的地だったというように、横の宿の中へと踏み込んだ。店番をしていた女性が目を丸くするのに、「部屋を取る」と言い放ち、返事も待たずに狭い階段を上がる。手前の部屋に入ると、キアルは荷物のように寝台へと放り出された。

痛くはないが息がつまる。キアルは自分の不用心さを呪いながら起き上がろうとした。

「逃げ回る気なら床で犯すぞ」

笑い声をあげたドーセオがのしかかってくる。上着をむしり取られ、背後から腰に硬いものが押しつけられて、キアルは奥歯を嚙みしめた。――どうして、大丈夫だ、などと思ったのか。

「こんなことして、クラウディオ様に知れたら、――ッ」

ビリビリと服を裂かれ、言葉が続かなくなる。竦んだキアルの胸に手を這わせ、ドーセオは面白そうに言った。

「殿下に知られたら恐ろしいぞって？　あいつがカビ臭い聖堂から出てくる前に喰い終わるから、のんびり逃げるさ」

鼻がうなじを嗅ぎ回る。味見するようにぞろりと舐め上げられて、キアルは嫌悪感で身を震わせた。

（逃げなきゃ）

こんなやつに食べられるのも、触れられるのもごめんだ。這ってドーセオの下から抜け出そうと手を伸ばす。ドーセオは咎めるかわりに、ズボンを引っ張ってキアルの尻をむき出しにした。

「ッ、やめろ……っ」

「おまえのことは喰いたいと思っていたんだ。あの偏食王子が好きな味なんて、気になるだろ。それに、喰い散らかしてやったら怒り狂うと思うと、わくわくするね。なぜかわかるか？」

キアルの耳に唇を押しつけて囁くドーセオは、世間話のときと同じく朗らかだった。キアルの答えは期待していないようで、あいつはな、と笑う。

「おれの弟を殴ってクビにしたんだ。挙句にフォークを野放しにはできないからと、離島の監獄に送りやがった」

(弟……?)

「おまえのせいだ」

湿っぽい息が吹きかけられて、身体が無意識に縮こまった。組み敷かれ、逃げる術《すべ》もないキアルの耳に、陽気な声が流れ込む。

「おまえが悪いんだ。人を誘惑しておいて嫌がるから——兄弟でベスティアなのが、おれたちの誇りだったのに。おまえが無駄な抵抗をしなけりゃ、今ごろおまえはおれたち兄弟の餌だったんだ」

もしかして、と思い当たったのは、城に到着した日に、待たされた小屋に来た聖騎士だ。灰色っぽい毛色の狼だったはずだ。クラウディオの命令を無視してキアルを食べようとしたあの男は、クビになっていたらしい。

(あんなの、自業自得じゃないか)

身勝手な恨み節だ。そう思うが、もがいても逃げられそうになかった。がっちりとキアルを組み敷いたドーセオの息は荒くなっていて、手触りを楽しむように腹を撫で回される。キアルが震えていることに気づくと低く笑い声をたて、ゆっくりと口を開けた。牙が当たり、痛みを覚悟してキアルは寝台の上掛けを握りしめた。

だが、痛みのかわりに襲ってきたのは荒々しい音だった。どん、と衝撃が響き、まといつくようだったドーセオの重みが消え失《う》せる。続けざまに硬いもの同士がぶつかるにぶい音がして、キアルは転がるようにして振り返った。

ドーセオは吹き飛ばされたようだった。隣室とのあいだの石壁が崩れ、その残骸の真ん中でうずくまっている。おそるおそる目を上げれば、ベッドのすぐ脇で仁王立ちしているのは、クラウディオだった。

見たこともないような険しい表情で、半端な高さに持ち上がった尾は逆立っている。触れるだけで灰になってしまいそうな苛烈な気配をまとい、脱いだマントをキアルのほうへと放った。

「自分がなにをしたか、わかっているだろうな」

視線はドーセオへと向けられている。彼は痛そうに顔をしかめながらも笑い声をあげた。

「取られたくなきゃマーキングしておけよ。匂いもつけずにうろうろさせとくあんたが悪い」

ゆらりと立ち上がったドーセオは口に溜まった血を吐き捨てると、乱れた襟元を整えた。

「だいたい、ふざけた規則を作るのが悪い。食事が週に一度だと？　馬鹿にするのもいい加減にしてくれ」

クラウディオは黙っている。キアルは投げられたマントを羽織って肌を隠し、はらはらしながらクラウディオを見つめた。

どうしてここがわかったのだろう。聞いて確かめたいけれど、あまりにも怒気が激しすぎて声が出ない。怖いのではなくて——申し訳がなかった。

ドーセオはキアルを一瞥すると唇を曲げた。

「人間だって毎日飯を食う。一日食わないだけでも空腹で、一週間食わなきゃ死ぬやつだっている。人間より偉いおれたちがなぜ我慢しなきゃならない？　おれがあんたなら、気に入った餌は日に三度でも喰うね。たっぷり子種を注いでマーキングして、誰も手出しできないようにして閉じ込めておく。

こいつだって、おれがあそこで捕まえなきゃ、野良のフォークに喰われてたかもしれないぞ」

「おまえは身分剝奪のうえ、監獄行きだ」

クラウディオは大股でドーセオに歩み寄ると、無造作に腕を捻《ひね》り上げた。ドーセオは馬鹿にしたようにへらへらと笑い、「ありがたい！」と叫んだ。

「ちょうど弟に会いたかったんだ。牢《ろう》にはうまいケーキがついてるらしいから、腹いっぱい喰うのが楽しみだよ。聖騎士様でいるよりずっと待遇がよさそうだ」

クラウディオは引きずるようにドーセオを連れていき、どうやら階下で宿の者に引き渡したようだった。すぐに単身戻ってきて、黙ったままキアルを抱き上げる。キアルは歩けると言おうとして、クラウディオの表情にどきりとした。

「大丈夫ですか？　どこか痛みます？」

深く眉間に皺を寄せた表情は怒りのせいだと思っていたが、間近で見ると額に汗が浮いている。急速に不安になったが、クラウディオは「大丈夫だ」と答えただけで、目をあわせようとはしなかった。

クラウディオが階段を下りていくと、宿の人がおろおろと声をかけてくる。

「困ります。お役人が来るまでと言われても、フォーク……聖騎士様をわたしどもだけで見張っておくだなんて、できません」

「鍵のかかる部屋に入れておけ」

「ですが、」

食い下がろうとした男性を、女性が首を横に振ってとめる。怒らせちゃだめよ、というひそひそ声が聞こえて、キアルは気まずく目を伏せた。

（……また、フォークの評判が落ちちゃう）

宿の外にも人だかりができていた。大きな音がしたからだろう。彼らはクラウディオの耳と尻尾にぎょっとしたように後退りしたが、全員抱かれたキアルを見つめている。

「なんだよ、フォーク同士の喧嘩《けんか》か？　初めて見たな」

「ケーキの取り合いじゃないの？　あの抱えてるのがきっとケーキなんだ」

「あの尻尾って……猫か？」

「違う、豹だ。クラウディオ様じゃないか？　黒豹はあの方だけなんだろう？」

怯えているのに興奮したような、無責任な声の中を、クラウディオは通り抜けた。

これ以上悪い噂にならなければいいけど、と案じながら遠巻きに見送る人々を盗み見て、キアルは自分がまだ震えているのに気づいた。――いや、違う。自分ではなく、密着したクラウディオが小刻みに震えているのだ。

そういえばひどく体温が高い。具合が悪そうで、キアルは身じろぎした。

「クラウディオ様、下ろしてください」

「だめだ。急ぐ」

返事は掠れていた。大股で歩くせいでキアルの身体も揺れている。切羽詰まった様子にキアルは口をつぐみ、冷たくなった指先を握り込んだ。

震えはおさまっていても、嫌悪感は肌に染みついている。あとわずかでもクラウディオが遅かったら、ドーセオの牙は皮膚を破って、血を飲まれていただろう。昂った性器で貫かれていたかもしれない、と思うと、悔しさでどうにかなりそうだった。

（餌だなんて、あんな言い方をしなくてもいいじゃないか）

フォークから見れば、食料と言おうが餌と言おうが、ケーキと呼ぼうが大差はないのだろう。でも、蔑《ないがし》ろに扱われるのはやっぱりいい気がしない。

そういえばクラウディオは、一度もケーキを「食料」とは言わない。欲に任せて食べることも厭《いと》う彼は、フォークの中では浮いた存在なのかもしれなかった。

ゼシウスはうまくやっているようだから、あいだを取り持ってくれたらいいのに、などと思っているうちに、クラウディオは聖堂の門をくぐり、一声呻くと正面の扉を肩で押し開けた。

色ガラスが描く模様が床に落ちている。古い様式の祈りの間だった。中ほどでキアルを下ろしたクラウディオは、立ち上がろうとしてよろめいた。

「クラウディオ様！」

慌てて支えようと伸ばした手は振り払われた。

「大丈夫だ。さっきドーセオを投げ飛ばしたときに、力を使いすぎただけだ。――人間の能力を超えて力を使うと、こんなふうになる」

上げられた手が大きく震えていた。呼吸も荒く、キアルは罪悪感で胸が痛んだ。

「ごめんなさい。僕のせいですね」

「いや――」

なにか言いたげに深い紅の目がキアルを捉え、苦しそうにまぶたが閉じられる。刹那、その体躯が大きく膨れ上がった。

「……っ！」

驚いて尻餅《しりもち》をつき、キアルは呆然と見上げた。

黒々とうずくまっているのは巨大な獣だった。

曲線を描く頭部にがっしりとした顎、しなやかな体軀は猫科のものだが、あまりにも大きかった。キアルは普通の豹も見たことがないけれど、たぶん何倍も大きい。頭部だけでもキアルの身長とほとんど同じ大きさなのだ。

異様なほどの巨軀だが、同時にそれは美しかった。毛並みはつやを帯びていて、耳のかたちも、黒と見紛《みまが》うほど深い紅の瞳も、神話の中の生き物のように厳かだ。

(目……同じだ)

クラウディオなのだ、と思うと心臓が高鳴った。

なんて魅惑的だろう。こんなに綺麗な生き物がいるなんて——神秘的で威厳があって、まさに守護聖獣という呼び名が相応しい。

息をとめて見入っていると、長い尾が揺れ、彼はゆっくりとまばたきした。

「ここから出て、離れた部屋にいろ。神殿の者を呼んで、ケーキが必要だと伝えてくれないか」

口元から大きく太い牙が覗いた。声は完全にクラウディオのものだ。キアルは夢見心地からはっと我に返った。

「必要なら、僕が」

「だめだ。この姿だと加減が難しいんだ。噛みすぎて、おまえを損なうわけにはいかない。――傷つけないと、約束した」

「でも、」

「キアルが心配することはない。逃げて、家に戻ってくれてかまわない。今となってはもう、城より家のほうが安全だろうから」

落ち着いた口調を保とうとしていたが、目の奥では光がちかちかとまたたいて見える。飢えをこらえているのだとわかって、キアルは無意識のうちに立ち上がった。くるんでいたマントが落ち、やぶれたシャツだけの姿が露わになる。ぎょっとしたようにクラウディオが顔を背けた。キアルはその鼻先を追いかけて、そっと抱きついた。

「クラウディオ様を置いて帰ったりしません。遠慮しないで、飲んでも――食べても、いいです」

人の姿に戻るにはたくさん食べなければならないのだから、そばにいるべきだ。ほかの誰でもなく、キアルこそが。

涙は出そうにないので、キアルは豹の顎を支えるようにして唇を押し当てた。つるりとした薄い唇のあわいを狙い、舌を差し込んでキスを促す。

怖いとか不安だとかを、感じる余裕もなかった。ただ食べさせなければという一心で、目を閉じて豹の口の中を舐めると、きつく噛みあわされた牙と牙が、上下にひらいた。長くざらついた舌がキアルの舌を押し返す。厚みのあるそれが力強く入り込んで、口の中をいっぱいにした。

「っんぅ…………ッ」

喉の奥まで入れられそうになり、ひくりと痙攣してしまうと、圧はゆっくりと引いていった。掴んでいたはずの豹の鼻先も消え失せて、キアルははっとして目を開けた。

豹がいない。かわりに裸のクラウディオが、呆然としたようにキアルを見下ろしていた。

「――戻った」

「――戻ってますね」

幻でも見ている気分だった。さっきまでは黒豹の姿だったはずだ。それとも、あちらが幻覚だったのだろうか。

「獣の姿から人の姿に戻るのって、大変なんですよね？　ケーキを丸ごと食べないといけないくらい」

「ああ。体液を飲むだけでは七日かかった」

信じられないようにクラウディオは自分の手を眺め、それからキアルの顔に触れた。

「まさか、キアルが口づけてくれただけで戻れるなんて……」

手のひらのあたたかさを感じると、ほっと安堵《あんど》が湧いてきた。

「そういえば、お礼も言ってませんでした。さっきは助けてくれて、ありがとうございます」

「あれは――いいんだ。だが、どうして勝手に外に出た？　なにかあれば小間使いにでも言いつければよかったのに」

「ごめんなさい。クラウディオ様の邪魔をしたくなかったんです。実は――」

確かめたいことがあったのだと打ち明けようとすると、クラウディオが指で唇をふさいだ。

「話はあとで聞く。とにかく、服を着てくれ」

かあっと顔が熱くなった。着せてもらったマントは床に落ちていて、キアルは下半身がむき出しだ。一糸まとわぬ姿のクラウディオは、決まり悪げに顔を背ける。

「マントで隠して、部屋に戻って着替えるといい。神官に頼んで、俺の服を持ってくるよう言ってくれ」

「僕が持ってきます」

「だめだ。人間に戻れても、まだ抑えがききそうにないんだ」

頼むから、と押しやられて、キアルは視線を落とした。クラウディオのしっかりと筋肉に覆われた腹部と、その下の茂みが目に入る。角度をつけて勃《た》ち上がったものに、背筋がざわりとした。

（クラウディオ様の……大きい、よね）

人間のものとは微妙に違う。表面は鱗で覆われたようにささくれていて、一度でも自分の身体に入ったとは信じられないような太さだ。あれで貫かれたら絶対に痛いのに、記憶に残っているのは快感だけなのが不思議だった。

今日は痛いだろうか、と思いながら、キアルは膝をついた。

「足りないなら、食べてください」

自分の声なのに、勝手に喉からあふれているようだ。でも、そうしたかった。両膝をつくとクラウディオの分身が顔の前に来て、先端に向けて口を開ける。彼が以前してくれたように、口淫で気持ちよくすれば、抱く気になってくれるはずだ。

「よせ！」

強い力で押しのけられて、キアルは床に倒れ込んだ。その姿に、クラウディオは吠えるように言った。

「やめてくれ。——本当は喰らいつきたいと、思い知りたくないんだ」

呻きながら彼も膝をついて抱きしめてくる。

「さっき、キアルの匂いが近くにないと気がついたときは、目の前が真っ暗になった」

「……クラウディオ様」

「急いで探して、やっと見つけたと思ったらドーセオの匂いがして——怒りで、どうにかなりそうだった。あんなやつに取られるくらいなら、俺が……俺が、おまえを喰ってしまったほうがましだと思った。キアルを殺すなんて絶対にいやなのに、喰いたいと感じたんだ。————友達、なのに」

せつない声に、きゅんと胸が締めつけられた。申し訳ないような、嬉しいような気持ちで、クラウディオの背中に手を回す。なめらかな肌のぬくもりで、ここは空気が冷たいのだ、と気がついた。もうすぐ日が落ちる。

初めて食べられたときも夕暮れどきだった。あのときよりも全然不安じゃない、と思いながら、そっと頭をもたせかける。

「心配させて、ごめんなさい」

「もう二度と、勝手にいなくならないでくれ」

「はい。約束します」

頷けば、耳に唇が触れてくる。ほんのかすかなぬくもりに、キアルは息を乱した。

（ぁ……きもち、いい）

ドーセオとは全然違う。抱きしめられて昂った雄のものを押しつけられ、息遣いを感じて、湧いてくるのはとろけるような喜びだ。がっしりした身体と体温に胸が高鳴り、ひどく幸せな心地がする。

もっと密着したくて抱きつく腕に力を込め、キアルは泣きたくなった。

（……どうしよう——）

好きだ、とふいに悟る。

クラウディオが好きだ。

好きだから、そばにいたい。触れてほしい。もっと、もっと——骨ごと噛み砕かれてもいいから、二度と離れずにいたい。クラウディオのためなら、自分の命を捧げてもかまわない。

それはキアルにとって、馴染みのある願いだった。ブローチを渡されて、友達だと言ってもらったあの日から、一度も忘れたことのない思い。彼だけに感じる、この熱くて強い感情は——自分が彼を、好きだからだ。

（きっと、初めて会ったときから、僕はこの人が好きだったんだ）

誰より大切な、キアルの特別な人。

「クラウディオ様」

誘うようにキアルからも腰を押し当てる。怒ったような唸り声が聞こえたが、キアルはそっとすりつけた。

す」

「きっとまだ足りないんです。戻れたけど空腹だから、食べたいって思うだけ。クラウディオ様のせいじゃないい。僕が勝手に出かけて、襲われそうになったのが悪かったんですよね。だから、お詫《わ》びです」

「……っ、キアル」

「食べて」

懸命に誘いながら、好きなんだ、とうっとり思う。ドーセオ相手にはぞっとするほどいやなのに、クラウディオには食べられたい。肌を触れあわせた部分が熱くて、もっと隙間なくくっつきたくなる。本能に任せてぎこちなく腰を押しつけると、クラウディオの分身がぐっと体積を増すのがわかった。

「キアル」

手が強く太腿を掴む。同時に首筋に唇が押し当てられ、直後には牙が肉に食い込んだ。

「——っ、は、……ッ」

硬い牙が抜けたあとは、穴が穿たれているのが感じ取れる。みるみるうちににじんだ血は流れを作って肌を伝い、それをクラウディオの舌が舐め取った。

「っん、……っ、ふ、……っ」

ざらついた舌に刺激され、くらくらする快感が湧いてくる。息をこぼすと、クラウディオは血を舐めながら、指をキアルの口に入れてきた。舌で遊ぶように中をかき回されて、キアルはわずかに身をよじった。

「んむ……っ、ぅ、……ん、ぅ」

奥のほうまで指が入って、苦しいのに気持ちいい。唾液があふれてたらたらとこぼれても、クラウディオはなおも指を動かした。

「よく舐めてくれ。せめて、おまえに苦痛を味わってほしくない。——本当に、すまない」

見つめてくる瞳には、気遣いと欲がまじりあっているようだった。熱っぽいが荒々しくはなく、キアルは返事のかわりに、指に舌を絡めた。ちゅう、と吸うと、太さと硬さがはっきりと伝わって、それさえも快楽に感じる。すすんで頭を動かして指を出し入れすると、クラウディオが待ちかねたように引き抜いた。

かわりのように唇でふさがれ、ぬるりと舌が入ってくる。窄まりには舐めたばかりの指があてがわれ、びくん、と全身が跳ねた。

「んん……っ、ぅ、……ッ、……っ」

あっけないほど簡単に、クラウディオの指が埋まって、目の奥がちかちかした。窄まりの中はまるで自ら濡れたみたいにやわらかい。くすぐったさと圧迫感とがもどかしい快感を生み、少し動かされただけでもびいんと痺れた。

クラウディオが不愉快そうに唸る。

「ずいぶんゆるんでいるな……さっき、あいつにいじられたか?」

「っい、いじられてない、……っあ、待っ、……んッ」

「でも、もうこんなに入る」

指が抜けたかと思うと二本揃えて入れられ、背中がたわんだ。刺激に腹が痙攣し、達《い》く、と自覚するより早く精液が迸《ほとばし》る。

（なに……これ……、こんな、）

射精している性器より、指をくわえ込んだ孔が快感だった。異物をしっかりと締めつけた襞が喜びに震え、絶頂の感覚がいつまでも尾を引いた。

腰を突き出して声も出せないキアルを見下ろし、クラウディオが重ねて聞いた。

「本当に、ここは触られていない？」

「な……、い……っ」

ゆるく押された場所がじんじんと疼く。抜かれそうになると勝手にきゅんとつぼまって、はしたないほど下半身が動いた。

「ない、から……っ、お、奥っ」

口走るのをとめられなかった。ほしい。気持ちいい。もっと満たされたい。深くまで暴かれたい。隙間なくつめ込まれて、溶けてしまいたい。

「おく……っ、入れ、て……っ」

「――キアル」

唸り声が響いて、腰が浮いた。膝が胸の横に来るほど広げて深く持ち上げられ、力なく揺れる性器からぽたぽたと体液がしたたる。対照的に張りつめて筋の浮いたクラウディオのものが、尻のあわいに押しつけられた。

「っ、ぁ、……ッ、あ、あ、……あぁ……ッ」

腰骨が軋《きし》んだ。侵入してくるクラウディオの硬さが、大きさが、前よりも鮮明に感じる。みっちりとふさがれて、もうこれ以上は入らない、と思うのに、ゆっくりと確実に入ってくる。

「ん……は、……あ、……、ぁ……っ」

「痛いか？」

クラウディオが腰をとめて、震える腹を撫でた。キアルはかろうじて首を横に振った。痺れて苦しいが、痛くはない。ずっしりとした重さや熱はむしろ快感で、押し上げられると首筋までぞくぞくする。

「感じるんだな。——ここがおまえの、一番深いところだ」

「ぁ……っ、く、……ぁ、あっ」

捏ねるように刺激され、ぴくんと足先が跳ね上がる。遅れて弱い絶頂のような、極める感覚が襲ってきて、全身が不随意に動いた。ふうっと視界が暗くなる。気絶しそうな気がして、キアルはクラウディオにすがる手に力を込めた。

「クラウ……ディオ、さま——、好き」

伝えておかなければ、と思った。誰よりも強く、クラウディオが好きなこと。そばにいられるなら、キアルはもうなにもいらないこと。

「好き、……す、き」

「——キアル、おまえ……」

「すき……あな、たが、」

うわごとのように繰り返すと、揺するように穿たれた。

「は……っ、ん、……っぁ、……ぅ、んんっ」

「――、あんまり締めてくれるな、と言いたいが……、わざとではないものな」

息をつめたクラウディオは寂しげな表情で、キアルの顔を撫でた。

「すまない、キアル」

キアルはまばたきした。どうしてこんなに悲しい声なのだろう。

「乱れさせて……汚して、すまない」

「クラウディ、オさま……、ん……ぁっ」

汚されてなんかいないのに。彼が謝ることなどなにもないのに、なぜ詫びるのか。

聞きたくて、けれどもう、まともにしゃべることなどできなかった。奥壁を刺激され、ぷしゅりとそこがはじけるように感じる。

「ッ、あっ、……っ、は、ぁ……んッ」

「中には、出さないから」

甘えるように上下する自分の声のあいまに、クラウディオの囁きが聞こえた。キアルは言葉の意味を飲み込めないまま、ぐりゅぐりゅと捏ねられる感覚だけを味わった。

何度も突き上げられる腹の奥が、ねじれてひずんだみたいだった。苦しい、なのに気持ちいい。湿度のある快感はまたたくまに強さを増し、再びキアルの全身を呑み込んだ。

「――――ッ！」

がくん、と頭を落としてのけぞって、痺れに似た悦《よろこ》びに震える。萎えた性器からはぴしゃぴしゃと透明な液体があふれ、腹がびっしょりと濡れた。開けっぱなしの口の端からは唾液が伝い、目尻からは生理的な涙が流れ落ちて、妙に冷静に、恥ずかしいな、と思う。

(——でも、全部、クラウディオ様が飲んで、くれるなら)

僕は恥ずかしくてもいい、と考えた直後に、ふっつりと意識が途切れた。

早朝の細い路地は日陰になっていて、走るにはちょうどいい。キアルは速度を落とさないように気をつけながら角を曲がって、ゆるい階段道をのぼりはじめた。

塀の内側は使用人たちが住んでいるのだろうか。ときおり、人の声が聞こえる。いやねえ、と嘆く女性の声を聞きつつ、ぐっと太腿に力を入れた。

ジミニアーノから城に戻って、三日が過ぎていた。

城に戻ってからの日課として、キアルは朝に一時間、走ることにした。トルタ宮に行くには道がひとつしかないが、大通りまで出れば、こんなふうに路地を通って、ぐるりと一周できるコースもある。走りながら人とすれ違ったり、気配を感じられるのがよくて、キアルはトルタ宮の中ではなく、外を走ることにしたのだった。

あの「食事」のあと、キアルは案の定自力では立てなかった。寝台から身体を起こせるようになるのに半日かかり、神殿を出て旅ができるまで体力が戻るのには五日もかかった。帰りの道中も、クラウディオにずいぶん気を遣わせてしまったが、だるさや息切れはどうしようもなかった。フォークに喰われるのは、ただ血を吸われるとか抱かれるとかいうだけでなく、生命の力のようなものを吸い取られる感じがする。

毎回こんな状態では、クラウディオに安心して食事をしてもらえない。体力作りに走ってみようと思い立ってはじめてみたのだが、心は微妙に曇ったままだ。

キアルは階段をのぼりきったところで足をとめ、汗を拭った。

クラウディオは城に戻って以来、一度もトルタ宮に姿を見せていない。デメルに聞くと、どうやら多忙らしかった。

半月以上城をあけたのだから、忙しいと言われたら納得するしかない。町で聞いた、北のほうの町で騒ぎを起こしたフォークがいるという噂を伝えたら、クラウディオも学者や神官から似た話を聞いたと言っていたから、その対応もあるのだろう。

でも、朝のほんのひとときも会えないのは、クラウディオがキアルと会うことを避けているからな気がしてしまう。

（やっぱり神殿でのことが原因なのかな……）

記憶は曖昧だけれど、神殿での「食事」のときに、キアルは好きだとクラウディオに伝えた、と思う。昂って朦朧《もうろう》としていたけれど、たしかに声に出して言ったはずなのだ。

でも、クラウディオはなにも言わなかった。帰りの道中も変わらず親切で優しかったけれど、キアルの告白に触れることはなかった。情事の際に昂って口にしたことだ、と思って無視しているのならまだいいが、クラウディオの性格を考えると、それはありえない気がした。

だとすれば、あの告白が迷惑だったから、避けられているのではないか。嫌われてはいないと思うが、クラウディオにしてみれば、あくまで友達であって恋愛感情は抱けない、ということなのかもしれなかった。

（まるで恋人扱いされてるみたい――なんて、勘違いだったかな）

ありがとう、嬉しい、と言って受けとめてもらえなかったことが、自分でも思いがけないほど寂しかった。

ため息をつきかけ、キアルはぐっと呑み込んだ。勝手に想像して気を揉んでも仕方ない。変に気を回すくらいなら、普段どおりに明るく接したほうがいい。

（暗くなってる場合じゃないよね。クラウディオ様が忙しいなら、少しでも癒しになることを考えなきゃ。午後になったら厨房に行って、久しぶりにパンを焼こう。三日月パンにして、デメルかトニーに頼んで、クラウディオ様に届けてもらうんだ）

明日の朝は来てくださいと、短い手紙を添えよう。好きだと伝えたのは、彼になにかを望んでいたからじゃない。これまでどおりに仲良く、そばにいられれば十分なのだ。

（父さんたちにも、そろそろ手紙を書かないと）

デメルに新しい便箋も頼もう、と思いながら、キアルは大通りのほうへと進路を変えることにした。もう一度走ろうと脚の筋を伸ばすと、近づいてくる足音が聞こえる。

「キアル！」

振り返ると、トニーが駆け寄ってくるところだった。

「こんなとこにいたのか！」

「おはよう、トニー。どうしたの、そんなに慌てて」

ジミニアーノから土産《みやげ》を買ってきたおかげか、トニーとは前よりも親しく、くだけた間柄になっていた。首をかしげると、トニーはじれったそうに足踏みした。

「どうしたの、じゃない。トルタ宮に戻るぞ」

「無断で出てきたわけじゃないよ？」

「わかってる。デメルに聞いて、おれが来たんだ。彼女じゃ走れないだろ。急ぐぞ」

ぐっと手首を引っ張られる。尋常ではない様子にキアルも不安になった。

「まさかクラウディオ様になにかあった？」

「殿下にじゃない、ケーキにだよ。説明はトルタ宮に着いてからする」

トニーはまるで怯えているかのようだった。あたりを見回しながら早足で大通りを抜け、トルタ宮の門をくぐっても足取りをゆるめることなく、二階の部屋までキアルを引っ張ってくると、ドアを閉めて肩で息をついた。

「——なにがあったの？」

尋ねたキアルをトニーは振り返ると、ゆっくりと言った。

「城の門の近くに、ケーキの死体が捨てられてたんだと」

咄嗟には意味が呑み込めなかった。青ざめたトニーの顔を無言で見つめ、何度か言われた言葉を反《はん》芻《すう》すると、どっと心臓が跳ねた。

「ケーキの、遺体?」

「ああ。木の陰に大きな袋があるって気づいたやつが門番に知らせて、門番が開けたら死体だったんだってさ。それを調べたらケーキだったらしい」

城の門の近くには建物がない。美しく整えられた並木道なのだが、いつその袋が捨てられたのか、見た者はいないのだとトニーは説明した。

「死体の状態からするに、数日前に死んだらしいが、身体が喰われてたんだって」

「喰われて……」

「詳しくは聞かないほうがいいよ」

トニーが肩に触れてきて初めて、キアルは自分がぐらついているのを自覚した。椅子に座らせてくれたトニーは水も用意してくれ、「大丈夫か」と労《いたわ》ってくれた。

「怖いよな。死んでたのは城にいたケーキじゃないらしいけど、特別聖堂でもみんな怯えてた。クラウディオ様が、ひとまずケーキは安全な場所にいるようにって命令を出したんだ。おれは、昨日キアルが外を走ることにしたって言ってたから、すぐに伝えなきゃと思ってさ」

「ありがとう」

礼は言ったが、ほとんど上の空だった。喰われた形跡のあるケーキの遺体が、よりによって城の近くに捨てられていたなんて——一体、なぜだろう。

（聖騎士じゃないフォークが食べたってこと？　でも、だったら遺体が残らないように食べてしまうとか、人目につかないところに捨てたほうが、自分にも危険がおよばないはずだ。城の近くでケーキの遺体が見つかったら、誰の仕業かクラウディオ様たちが調べることくらい、わかりきってるのに）

頭に浮かんだのはドーセオだった。だが彼は、監視の兵士とともに牢獄へと向かっているはずだ。彼の仕業のはずがない、と思う一方で、喰い散らかして捨てるような残忍なフォークがほかにもいると考えると鳥肌が立った。

喰うだけならともかく、遺体を捨てるだなんて、ひどすぎる。

「キアルは大丈夫だって」

トニーが無理しているとわかる明るさで、大きく両手を広げた。

「おれは正直フォークは好きじゃないし、ケーキも苦手だけどさ。クラウディオ様がキアルのこと大事にしてるのはわかるんだ。普通のフォークは、ケーキがすることに興味を持ったりしないのに、王子のくせに厨房まで押しかけるんだぜ？」

おれは気絶するかと思ったけどさ、とトニーはおどけてみせた。

「しかも、お忍びで出かけるのにもキアルを連れていって、予定より長く滞在してたんだろ？　まるで恋でもしてるみたいだなって思ってたんだよな。戻ってきてから用意されてる食材も、また一段と豪華だもん。ブルーベリーのジャムなんて、輸入品の中でも貴重だ」

ちょっと味見しちゃったよ、と言ってから、トニーはキアルの顔を覗き込んだ。

「だから、キアルのことは、クラウディオ様が守ってくれるって。安心しててていいよ」

「……トニー」

思いがけないほど真剣に励ましてくれる彼に、竦んでいた心がゆるんだ。

「心配してくれて、ありがとう」

「当然だろ。キアルはケーキだけど、土産も買ってきてくれたし、そのお礼みたいなもんさ」

あのスパイスすごくいいよ、とトニーはほっとしたような笑みを見せた。

と、ドアが開いて、デメルが入ってくる。彼女の後ろにはクラウディオがいて、トニーは飛びすさるようにキアルから離れた。

クラウディオはトニーには目もくれず、まっすぐキアルのところに来ると膝をついた。下から見上げられて、とくん、と胸が高鳴り、キアルはそわそわと視線を逸らした。

こんなときなのに、なんて綺麗な人だろう、とときめくだなんて不謹慎だ。だが、どうしても顔が熱くなる。

赤くなってしまったキアルに、クラウディオが一瞬、苦しげな顔をした。

「なにがあったか聞いたか？」

「――はい」

頷くと、クラウディオはすぐに立ち上がった。

「不安だろうが、ここにいれば安全だ。誰の仕業かわかるまで、窮屈な思いをさせるが我慢してくれ」

「窮屈なんかじゃないですよ。僕なら大丈夫です」

「家に帰してやると何度も言っているのに、俺は嘘つきだな」

自嘲したクラウディオは手を伸ばしてキアルの頰に触れようとして、やめた。

「身体は、なんともないか？　少し熱がありそうだ」

「平気です。顔が赤いのはさっきまで走っていたせいだから、いつでも食べてもらっても大丈夫ですよ」

キアルは努めて明るく答えたが、クラウディオはわずかに眉をひそめて背を向けた。

「デメル、あとは頼む」

かしこまりました、とデメルが頭を下げる。もう帰ってしまうのだ、と気づいて、キアルは急いで追いかけた。

「クラウディオ様！　明日の朝は来られますか？」

ケーキの遺体のことで、クラウディオだって動揺しているに違いないのだ。キアルは無力だけれど、少しでも彼の支えになりたかった。

クラウディオは振り向かずに、首を横に振った。

「いや。しばらくは控える。俺のことは気にしなくていい」

そう言うと足早に出ていってしまい、キアルは立ち尽くした。ひんやりした不安が足元から這い上がってくる。

（やっぱり――好きだって言ってしまったの、迷惑だったのかも）

あんなに露骨に鬱陶しそうな態度は、再会した日しか取られたことがない。

デメルが案じるようにそっと背中に触れた。

「座って、キアル。ふらついてるわよ」

「おれは朝食を用意してくるよ」

トニーは静かに部屋を出ていく。崩れるように椅子に腰を落として、キアルは胸を押さえた。呼吸が苦しい。

あれほど優しく接してくれていたクラウディオが、振り向いてくれなかった。心配して来てくれたけれど、触れてはくれなかった。

（しばらく控えるって、いつまでだろう）

そのあいだは顔をあわせることもできないのだ。

好きだなんて言わなければよかった、とキアルは後悔した。あのときはどうしてか、伝えなければ、と思った。でも、言うべきではなかったのだ。クラウディオを困らせたかったわけではないのに、こんなふうにぎくしゃくしてしまうなんて。

デメルは何度も背中を撫でてくれた。

「クラウディオ様はお忙しいのよ。こんなことになって、聖騎士の中で一番心を痛めていらっしゃるのはクラウディオ様に違いないもの。キアルも不安でしょうけど、大丈夫よ」

そう言うデメルも不安そうだ。キアルは彼女の手を握った。

「ありがとう、デメル。僕なら平気だよ」

言いながら、嘘つきは僕だ、と思った。全然、平気じゃない。見知らぬケーキがひとり亡くなったというのに、悲しむどころかクラウディオのことばかり考えている。否、彼のことというより——自分のことだ。

（好きって、けっこう醜い感情なのかも。クラウディオ様の事情はわかってるのに、ひとりで不安になって、そばにいたくてたまらないなんて、自分勝手だ）

なんだか性格が変わったみたい、と考えて、キアルはぎゅっと目を閉じた。

◆
◇
◆

「そんなにいらいらしなくてもいいんじゃない？」

　呼び出しに応じてやってきたゼシウスは、クラウディオが座らずに窓際を行ったり来たりしているのを見てため息をついた。

「苛立つに決まっているだろう。おそらくドーセオの仕業だ。調べさせていると言ったが、進展はないのか？」

「ケーキの死体が見つかってまだ一日も経ってないんだよ？　進展なんかあるわけないだろ。それに、ドーセオは監獄に向けて移動させている途中でしょう。逃げたって報告、僕は聞いてないけどな」

　ジミニアーノで捕らえさせたドーセオは、クラウディオの権限で、そのまま兵士たちによって移送されることになった。異変があったという報告はたしかになかったが、それでもクラウディオは吐き捨てるように言った。

「あいつ以外には考えられない。移送の警備をしている兵士を買収したか、殺した可能性だってある。――いっそ、処刑しておけばよかった」

　ゼシウスは咎めるように眉をひそめ、クラウディオを見つめた。

「あんまりこういうことは言いたくないけど、ドーセオに関して、きみは冷静じゃないね」

「俺は冷静だ。それとも、処分が重いとでもいうのか？」

「そうじゃなくて。彼がしたことは許されないけど、宿の壁が壊れるほどやりあったらしいじゃない。きみはそういうことをする柄じゃなかったはずなのにさ。挙句に、獣の姿になってしまったと、ジミニアーノ神殿から報告が来てるよ」

クラウディオは足をとめて窓を睨んだ。黒豹の姿でいたのはごくわずかな時間だ。だが、神殿に戻って祈りの間に入ったあと、扉の隙間から神官たちが様子を窺っているのはわかっていた。キアルとの行為のあいだもだ。城に報告するな、とは言わなかった。口止めしたところで、彼らはどうせ伝えるからだ。

ゼシウスは「誤解するなよ」と声をやわらげた。

「きみが黒豹の姿になったことを咎めてるんじゃない。獣の姿になるまいと無理をするほうが不自然だと、僕は思うからね」

「——俺は、いやだ」

ゼシウスはフォークであることを誇りに思っている節がある。そういうフォークのほうが多数派で、世間から疎まれているからこそ、自分たちは特別だと自負するのは防御のようなものだとクラウディオは思う。

その誇りを否定する気はないが、クラウディオ自身は、この性質が心から憎い。

「へえ。いやなら、どうして変化してしまうほど腹を立てたの？」

真横から、ゼシウスの視線が刺さる。黙っていると、彼は再度ため息をついた。

「そんなにあのケーキを横取りされるのがいやだとは思わなかったな」

「――」

「気に入る味のケーキが見つかったときは、僕も安心したんだよ。旅先にまで持っていくくらいのお気に入りだとわかっても、食事がきちんとできるならかまわないと思ってた。でも、まさか、とは思うけど」

肩に手がかかって、振り向かされる。ゼシウスは案じるのと咎めるのが半々の目つきで、じっとクラウディオを見つめた。

「あのケーキに、執着しているんじゃないだろうね？」

「……執着は、していない」

「執着『は』？　ほかの感情ならあるみたいな言い方に聞こえるけど、違うね？」

言い逃れを許さない厳しさで重ねて問われ、クラウディオは奥歯を噛みしめた。ゼシウスが苛立たしげに目を細める。狐の尾が、彼の機嫌を表すように神経質に揺れていた。

「きみは偏食だから、気に入る味のケーキが貴重なのはわかるよ。でも、あくまでも食料だ。食べ物であって、それ以上のものではないんだよ、クラウディオ。人間だって、猪や魚を対等には扱わないだろう？」

違う、と心の中だけで反論する。キアルは食料じゃない。ケーキだけれど、ケーキである以前に、大切な友人だった。

そう声に出すかわりに、クラウディオは別の言葉を選んだ。

「わかってる」

大切な友人だったのに、クラウディオは言わせてしまった。キアルに「好きだ」と言わせ、抱きつかせ、欲情させ――清らかで特別だった関係を、台無しにしたのだ。

(俺が、フォークだから)

「じゃあ、そろそろほかのケーキを食べるべきだ、と僕が言っても、受け入れてくれるね？」

「……」

「好きな味が見つかるまで、何人試してもかまわないよ。でも、もうあのケーキは手放したほうがいい。きみにはしかるべき相手と結婚してもらわなきゃいけないんだ。ローレンスもきみの結婚を望んでいること、忘れたわけじゃないよね？」

たたみかけるように言って、ゼシウスは肩に置いた手に力を込めてくる。クラウディオはその手を静かにどけた。

「キアルは城から出せない。遺体で見つかったケーキを喰ったのが誰の仕業か判明するまでは、キアルも、ほかのケーキも保護しておく。殺されていたケーキの素性も調べたほうがいいな。家族に知らせてやらなければ」

「優しいのは美徳だけど、ケーキに寛大になる前に、自分と同じベスティアの権利も考えるべきだよ」

ゼシウスはクラウディオの正面に回り、両手で腕を摑んだ。

「僕はきみが好きだ。従弟《いとこ》としても、仲間としてもだよ。頼むから、そんなに僕たちを嫌わないでくれ」

真剣な、まっすぐな目だった。ゼシウスは昔からこうだ。クラウディオがフォークだと知って絶望しても、周りが敬遠しても、以前と変わらずにクラウディオを思いやってくれる。ときには過剰と感じるくらいに、クラウディオへの愛情を惜しまないのだ。

「……ゼシウスたちを嫌ってるわけじゃない」

「嘘だ。僕たちみんなが滅びてしまえばいいって思ってるんだろう？　ベスティアとして生まれてきたのは僕たちのせいじゃないのに」

「わかってる」

「いいや、わかってないよ。どうしてそんなに自分やベスティアばかり責めるの？　少しくらい、自分自身を愛してもいいじゃないか」

　揺さぶられ、それでも視線をあわせずにいると、ゼシウスは諦めたように手を離した。

「これだけ言っても、きみにとっては僕よりも、あのケーキが大事ってわけか」

「……」

「キアルだっけ？　あれの安全を願うなら、僕は城から出すべきだと思うよ。見つかった死体は、逃げたかもしれないドーセオの仕業だと考えるより、城にいる誰かの仕業だと考えるほうが辻褄《つじつま》があうからね」

　突き放すような冷ややかな口調に、クラウディオは思わず振り返った。

「聖騎士がやったというのか？」

　ケーキの遺体はクラウディオも見た。あれほど無惨に喰いちぎるには、獣の姿でなければ無理だ。だが、現在の聖騎士の中で、獣になったことがある者はいないはずだった。

「黙っているだけで、獣になれる聖騎士がいてもおかしくないよ。それにドーセオなら、捕まる危険をおかして城のそばまで来るとは思えないな。次捕まれば処刑だとわかっているはずだ。あのケーキに手出ししたのは、弟の腹いせだったんでしょう？」

「――ああ」

あの男はそのためだけに、わざわざジミニアーノまで追いかけてきたのだ。

「だったら、まずは監獄にいる弟に会いにいくのを優先するだろうし、それはたとえ監視の兵を殺して獣になったんだとしても変わらないよ。食料ならどこでだって見つかるんだから。それより、休暇で城の外に出ていた誰かが、腹を立てる事柄に遭遇して変化し、なにも考えずに喰い散らかして、適当に放り出してから城に戻った、というほうがありうる」

知ってるでしょ、とゼシウスが囁くように言った。

「獣になると欲が強まるんだ。獣の姿での食事は、それはそれはいいものらしいね？　『誰か』がやみつきになって、手近なケーキを獣の姿で喰ってみたい、と思ったら――トルタ宮のケーキだって、いくらでもさらう方法はある」

彼の声は毒のようにクラウディオの耳に染み込んだ。

「あるいは、きみが食べたのかもしれないよね？　ついこのあいだ獣になったばかりだもの、キアルだけじゃ足りなくて、うっかり食べたんじゃないかって、考える人間はたくさんいると思うよ」

「俺は喰ったりしていない！」

吠えるような勢いで怒鳴ってしまい、直後にクラウディオは後悔した。ゼシウスは驚くことなく、ただ真顔だった。

「それが事実でも、疑う者はいるよ。次に黒豹の姿になるのを目撃されたら、せっかくおとなしくなったきみを嫌う連中もまた騒ぎ出す。そうなったら、悲しむのはローレンスだ」

ゆっくりと後ろに下がって、ゼシウスは「よく考えて」と言った。

「きみがすべきことは、ベスティアに厳しくして、仲間を失うことじゃない。いざ獣になってしまったときに、クラウディオ様は悪くない、と味方になってくれる者を残しておくことだ。それから、獣の姿になりたくないなら、なってしまう要因を減らすこと。ケーキの死体を捨てた犯人はもちろん探す。きみの仕業だと噂が立たないようにね。よい条件の女性を妻に迎えて、落ち着いて安定していると人間に知らしめるのも大事だ。きみ自身のためと、きみが大切に思う人のためにも」

できれば反論したかった。だが、ゼシウスの言うことがどれも正しいのは、クラウディオが一番よくわかっていた。

黙ったまま動かないクラウディオに、ゼシウスは従兄の顔で「おやすみ」と告げると出ていった。

クラウディオは灯《あか》りを消した。

フォークとしての矜持《きょうじ》があるゼシウスは、ケーキに対しても丁寧で寛大だが、彼らを対等な存在として扱うことはしない。そこだけはクラウディオにとって受け入れがたいが、だからといって彼の忠告を無視することはできなかった。

理由は違っていても、クラウディオが考える「やるべきこと」も、ゼシウスが望むことと同じだからだ。

「――キアルは、手放さないと」

いやだ、と子供のように喚《わめ》きたい自分を押し殺して、クラウディオは呟いた。

ケーキを喰い散らかして捨てた犯人より、クラウディオのほうが身近にいる分危険なのだ。ドーセオへの怒りを抑えられなかったし、「これくらいなら」と言い訳をしてキアルを味わって、結局キアルを変えてしまった。

度しがたいのは、変わってしまったキアルに、ほんのわずかとはいえ喜びを覚えたことだった。とろける表情が、嬉しかった。好きだと言われれば少年のようにどきどきした。甘やかにうごめいて受け入れる内部は心地よく、快感でうわずる声をもっと聞きたかった。

悔やまなくてはいけないのに、今日顔をあわせたときも、恥じらうように赤くなった彼をその場で押し倒したいと感じた己の獣性が――恐ろしい。

このままでは、「いずれ」どころか、明日にでも彼を取り返しのつかない状態にしてしまうかもしれない。キアルを守るためには、なるべく危険から遠ざけられるように配慮して、両親の元に帰すのが一番だった。

「もう一緒にはいられないんだ」

大事な宝物の、友達だったキアルだからこそ。

もはや友達ですらなくなってしまったけれど、美しい思い出だけは残るように、別れは一日でも早いほうがいい。

◆　◇　◆

トルタ宮の中庭は、樹木や生垣、四阿《あずまや》や噴水がうまく配置されていて、数人同時に庭にいたり、部屋の露台から眺める人がいたりしても、人目に触れず過ごせる場所があった。「生贄」の檻にしては配慮が行き届いている。きっと王様も心優しい人なのだろう、と思いながら、キアルは木陰を選んで走っていた。

トルタ宮から出てはいけないことになったので、こうして庭を走ることにしたのだが、爽やかな気分にはなれなかった。クラウディオは来てくれないし、デメルもトニーも硬い表情で、こんなに広い庭にいても、どことなく息苦しい。

城全体が緊張しているようだ、と感じるのは、デメルに教えてもらったからかもしれない。

彼女いわく、城の門の近くに捨てられていたケーキの遺体は、クラウディオが喰ったのではないか、という憶測が流れているらしい。そんなはずないとキアルは言ったけれど、デメルの表情は暗いままだった。

「でも、ジミニアーノでも黒豹になってしまわれたんでしょう？　あなたのおかげで戻れたみたいだけど……」

そう言われて、あの神殿での出来事も知れ渡っているのだと、キアルは知った。

もっと詳しく教えてくれたのはトニーだ。

「今回はキアルを丸ごと喰わなくても戻れたって話だが、信じるやつと信じないやつが半々って感じだ。ほかのケーキを喰ったんじゃないかとか、まだ空腹だから、帰ってきてからも獣になっちまって喰ったんだとか」

「獣の姿になるには、怒るとか悲しむとか、強い感情がないとだめなのに、城に戻ってから獣になるわけないよ」

キアルは反論したが、トニーは肩を竦めた。

「誰も見てないところで、ものすごく怒ったかもしれないだろ？　二度も獣になったなら、今後はもっと獣になりやすくなるんじゃないか、ケーキじゃない人間も襲うんじゃないかって、怯えられても仕方ない」

そんな人じゃないとトニーだって知っているはずだ、とキアルは悲しかったが、彼は一応つけ加えてくれた。

「まあ、おれは殿下じゃないと思うね。クラウディオ様は理由もなく怒ったり、誰かを殺したいと思うような人じゃなさそうだからさ」

「トニー……ありがとう」

「むしろ、ジミニアーノでなにがあったんだ？　キアルは知ってるんだろ？」

「——それは」

僕のせいだ、とは打ち明けられなかった。ドーセオのことを話していいものかどうかも、キアルではわからない。口籠ると、「いいさ」とトニーは肩を叩いてくれた。

「それなりの事情があったのはわかるよ。なんか変な気分だけど、最近不思議と、クラウディオ様が怖いって感じが薄れてきたんだよな。キアルのことは心配だし」

「僕のことが？」

「ダッコの親父には苦い顔されそうだけど、ケーキだってわかってんのに仲良くなっちまったから、普通の人間みたいに思えるんだ。だから、クラウディオ様とはこのまま、いい関係でいられるといいと思う」

照れくさそうにトニーは鼻の頭をかき、それから、寂しそうに笑った。

「難しいのはわかってんだけどさ。可哀想だよなあ、フォークも、ケーキも」

しみじみとした口調には、以前のような、どこか他人事《ひとごと》の、見下しにも似た気配はなかった。自分のことを可哀想だとは思わないが、心を寄せてもらえるのは嬉しかった。

重たい足をとめ、膝に手をついて息を整える。

（どうやってクラウディオ様に謝ろう）

トニーがいい関係だと言ってくれたのに、それをキアルの一言が壊してしまったのは、もう明らかだった。これまでだったら、クラウディオはどんなに忙しくても、キアルが不安にならないように、五分だけでも会いにきてくれたはずだ。

露骨に避けられるほど迷惑だったのだと思えば、もちろん悲しい。けれど一番気がかりなのは、クラウディオがキアルを避けるあまり、食事をおろそかにしてしまうことだった。ジミニアーノの神殿のあの日から、もう二十日近くも経っている。

（少しでいいから食べてもらわなくちゃ。僕がいやなら、ほかのケーキでもいい）

クラウディオが別の誰かを抱きしめることを想像すると、きりきりと身体が痛むけれど、自分の身勝手な恋よりも、クラウディオの体調のほうが大事だ。

「やあ、キアル」

俯いた背中に声がかかって、キアルはびくりとして振り返った。ゼシウスだった。彼の斜め後ろにもうひとり、初めて見る男性がいる。

長い、淡い茶色の髪が儚《はかな》げな印象だ。ゼシウスやクラウディオよりも小柄で、線が細い。印象はまったく違うが、顔立ちの美しさはクラウディオによく似ていた。ゼシウスが彼の肩を引き寄せた。

「ローレンス、彼がキアルだよ。キアル、こちらがローレンス殿下」

「初めまして、殿下」

もしかしたら、と思ったとおり、クラウディオの兄だ。キアルは頭を下げてから、これでいいのだろうか、と戸惑った。

「すみません。王族の方にきちんとご挨拶する作法を知らなくて」

「いいんだ、気にしないで。急にすまないね」

ローレンスは声も繊細だった。

「きみに、どうしても確かめたいことがあって。ジミニアーノでクラウディオが豹になったとき、きみがそばにいたんだよね？」

キアルは顔が強張るのを感じた。クラウディオが獣の姿になったことは城中に知れ渡っているのだから、ローレンスが知っていてもおかしくはないが、質問の意図が読めない。

「はい。僕が、おそばにいました」

「それは、弟がきみを食べた、ということであっている？」

「――はい」

答えたものの、ローレンスは納得した様子ではなかった。ゼシウスが真剣な表情で腕組みした。

「僕も不思議に思っていたんだ。神官の報告によると、獣の姿にはなったが、すぐに戻ったってことだけど……キアルはもしかしたら栄養価が高いのかな。食べるとほかの個体よりも満足感が強いケーキはたしかに存在してる」

キアルの全身を眺めつつ、ゼシウスは「でもなぁ」と首をかしげた。

「獣の姿から、たったひとり、しかも通常の食べ方で戻れるだなんて、信じがたいよ。あの神殿には万が一に備えてケーキが常に置いてあるんだ。きみだけじゃなくて、そっちもこっそり食べたんなら納得がいくけど。神官はどうせ、最後まで張りついて見ていたわけじゃないだろう？　ケーキがベスティアに犯される姿は、神官には刺激が強すぎるからね」

ゼシウス、とローレンスが顔を赤くしてたしなめる。冗談だよ、と笑ったゼシウスがついでのように言った。

「ジミニアーノの郊外でも、喰い散らかされたケーキの死体が見つかったんだ。茂みに隠されていて、死んでからかなり経っているようだって」

「！　クラウディオ様じゃありません！」

叫んで、キアルは両手を握りしめた。

「本当に、僕だけです。クラウディオ様は絶対に、ほかの誰も食べていません。北部のほうではフォークの人が暴れたという噂が広まっているんですよね？　だったらそのフォークか、じゃなかったらドーセオ様が、捕まる前にやったのかもしれないじゃないですか」

ゼシウスは不愉快そうに顔をしかめた。

「自分が特別だって思いたいんだね、きみも」

「……え？」

「ケーキはみんなそうだ。すぐに勘違いする」

ゼシウスは軽蔑する目つきでキアルを見た。

「どうせもう、クラウディオのことが好きでたまらないんだろう？」

かあっと身体が熱くなった。まさか、ジミニアーノの神官は、あのときにキアルが「好きだ」と言ったことまで聞いていて報告したのだろうか。

「赤くなったりして、まさか恥ずかしがってるの？　気にすることはないよ、きみはケーキだもの、当然の反応だ」

ゼシウスの嘲笑まじりの言葉に、キアルは眉をひそめた。

「当然って、どういうことですか？」

「おや、そんなことも知らないの？　ケーキはみんな、ベスティアに惚《ほ》れるってことだよ」

ゼシウスは隣に立つローレンスの肩に腕と顎を置き、彼へと甘い視線を向ける。

「ローレンスは知っているよね？　僕の屋敷に遊びにきてくれたとき、ケーキが何人も、僕のことを取りあってたでしょ。ほかのケーキを押しのけてでも、喰われて抱かれたいんだ。キアルももう、あんなふうにクラウディオに恋してしまってるのさ」

ローレンスは黙って目を伏せた。寂しげにも見える彼の髪を、まるで恋人にするかのように弄んで、ゼシウスはキアルに視線を流してくる。

「きみだって見たことがあるんじゃない？　特別聖堂に行くと、聖騎士に抱かれたくて、それしか考えられなくなるケーキもいるよ」

脳裏に嬌声をあげていた女性が蘇って、赤くなった顔がいっそう火照《ほて》った。――でも、違う。

（僕は……だって、昔からクラウディオ様のことが大切だったもの）

「ほんと、ケーキっていうのは憐れだよね。喰われているうちに、必ずベスティアのことが好きになってしまうんだ。まあ、ベスティアに抱かれるのはものすごい快楽らしいから、溺《おぼ》れてしまうのも無理はないけどね」

「僕は、そんなんじゃありません」

「へえ、だったら、クラウディオに抱かれたいと、一度も思ったことがない？　噛まれたいとか、貫かれたいとか、満たしてほしいとか、感じないの？」

「………」

ない、と言えばいいのに声が出なくて唇を噛む。ゼシウスは笑い声をあげた。

「ほらね。きみは立派なケーキだってことだ。まあ、あれだけクラウディオがトルタ宮に通って食べていたんだもの、惚れてしまって当然だよ。でも」

笑いやむと一気に冷ややかな表情になって、ゼシウスはキアルを見つめた。

「所詮はケーキだ。どんなに愛しても、クラウディオはきみのものにはならないよ。クラウディオは優しいから、きみはよけいに勘違いしてしまっただろうけど、彼を困らせるような浅ましい真似はしないでくれよ」

彼の視線は受けとめたものの、思いのほか強く、言葉が胸に刺さった。

クラウディオは、キアルのものにはならない。たしかに、彼の言うとおりなのだろう。クラウディオは王子で、フォークで、キアルはただの、たくさんいるケーキのひとりにすぎない。

優しくしてもらえたのは、友達だったから。特別扱いされているように感じたのはクラウディオの思いやりで、恋愛感情はなかった。だからキアルが「好きだ」と伝えたあと、あんなにも態度が変わったのだ。

キアルがケーキだから、フォークに否応なく惹《ひ》かれたのだと、クラウディオは考えたのだ。

(――だから、汚してすまない、だなんて言ったんだ)

ずきずきと痛みが走って、キアルは苦しくなった。

告白したのはキアル自身がそうしたかったからだ。ケーキとして、フォークに魅了されたわけじゃない。だって、クラウディオのことはずっと大切だった。誰よりも。

なにも言えず立ち尽くしていると、ゼシウスは俯いているローレンスの耳元に顔を寄せて囁いた。

「教えてあげて。クラウディオはもうすぐ婚約すること、彼に伝えにきたんだろう?」

びく、と思わず身体が揺れた。

（婚約？　クラウディオ様が？）

顔がすうっと冷えて、青ざめていくのがわかる。ローレンスは申し訳なさそうにキアルを見て、すぐに視線を逸らした。

「ゼシウスに言われたんだ。クラウディオが最近気に入っているケーキの味に執着するのは仕方ないが、獣になっても丸ごと食べないのは気になるって」

「たぶん、食べて死なせたら、もう二度と食べられないのがいやだったんだよ」

ゼシウスは仕方ないと言いたげに肩を竦める。

「あの子は小さいころからそうだ。執着すると、自分の本能を曲げてでも、それを手放そうとしないんだ。母親のために耳と尻尾を切り落とそうとしたりね。普通のベスティアなら、お気に入りのケーキがあるくらいはかまわないけど、クラウディオには王子という立場がある。ローレンスが心配しているのもそこだよ。だからこその婚約なんだ」

「で……でも、フォークの方は、あまり結婚をしないって聞きました」

キアルは思わずそう口走っていた。妻を娶《めと》っても、フォークと人間のあいだには子供ができにくいらしい。生まれた子供がフォークになることはないし、性欲は食欲とともに満たされるためもあって、妻帯しない聖騎士が大半だという。それに、結婚の予定があるなんて、クラウディオからもデメルからも、聞いたことはないのだ。

「そのとおりだけど、私は弟を、フォークとしてではなく、人間として扱いたい」

ローレンスはそこだけはきっぱりと言った。

「彼がフォークだとわかったとき、これまでどおり兄弟でいてくれるかとクラウディオに聞かれて、もちろんだと答えたんだ。彼が獣の姿になどなりたくないのはわかっていた。――なのに、クラウディオは私のために、黒豹になったんだ」

きつく目を閉じた表情からは深い後悔が感じ取れた。あの事件は、兄や父を守るために黒豹の姿になったクラウディオも、守られたローレンスもつらかったのだ。

「だから私は、今も、これからも、クラウディオを人間として扱いたい。王子ならば妻がいてしかるべきだろう？」

でも、と言いかけて、キアルはやめた。ローレンスの言うとおりだった。クラウディオが結婚しない気がしたのは、キアルの思い込みにすぎない。

「できれば夫婦円満でいてほしいと願うのも、人間として当然だ。だから、妻となる人がいやがることは排除しておきたいんだ。フォークがケーキを食べるのは仕方がないとして、ひとりだけを好んでいる、となったら、女性が可哀想だろう？　……きみには、残酷なことかもしれないけど」

言葉を濁すローレンスに、ゼシウスはじれったそうに狐耳を動かした。

「ただの食料にきみが気遣う必要はないよローレンス。キアル、きみにもよくわかるようはっきり言うけど、クラウディオの妻となる女性から見れば、ただの食料が夫に横恋慕しているなんて、受け入れられないってことさ。人間ならともかく、きみはケーキだからね」

「――」

「クラウディオだって困ってしまうよ。これまで同じケーキを二回食べることがなかったのは、選り好みしているだけじゃなくて、面倒なことになるのを避けたかったからだ。ケーキの勘違いくらい気にしなければいいのに、あの子は優しいから」

つきん、つきん、と痛みを伴って、ゼシウスの言葉が頭の中に反響する。ローレンスが申し訳なさそうに言った。

「そういうことだから、キアルは家に帰ってくれるかな。きみが望んで帰ったと言えば、クラウディオも受け入れる。私としては、一日も早く弟には婚約をしてほしい。近ごろ、ケーキの死体のことやジミニアーノでのことで、またクラウディオの評判が落ちているからだ。わかってくれるね？」

わかりたくなかった。追い出されるにしても、せめてクラウディオ本人に言われて去りたい。そう思って、キアルは悲しさで息がつまった。

もしかしたら、ローレンスとゼシウスに説明するようにクラウディオが頼んだのかもしれない。キアルに、会いたくないがために。

そんなにいやなら、「俺はおまえを好きになれない」と言ってほしかった。ケーキがフォークを好きになってしまうことだって、彼が教えてくれればよかったのだ。

震える息を吐き出して、キアルは落ち着こうとした。ゼシウスたちにごねても意味はない。わかりましたと言って、クラウディオには手紙を書こう。好きだと言ったことは詫びて、婚約の予定を喜んで、それから――。

「兄上、ゼシウス！」

口をひらこうとしたとき、遠くから強張った声が響き、キアルははっと顔を上げた。小道を走ってきたクラウディオは、キアルとローレンス、ゼシウスの姿を見ると眉間に皺を寄せた。

「いくら兄上たちでも、勝手にトルタ宮には入らないでいただきたい」

「クラウディオ――でもこれは、おまえを思ってのことなんだ」

睨まれてひるみながらも、ローレンスはクラウディオの手を握った。

「おまえの望みどおり、なるべく人間と同じように生きていってほしいし、大勢に認められる存在であってほしい。私の大事な弟だ」

「クラウディオだって、キアルは家に帰すって言ってたじゃないか。この子がいつまでも居座ってるから、促しにきただけだよ」

ゼシウスが横から口を挟むと、クラウディオはいっそう渋面になり、それからキアルを一瞥した。ほんの一瞬、見たかと思うと横を向いてしまう。

「キアルを家に帰すのも、婚約も兄上たちの言うとおりにする。だが、トルタ宮に立ち入ることはやめてください。――二人にしてもらえますか」

豹の尾が半端な高さで揺れている。ローレンスはゼシウスと顔を見あわせ、おずおずとクラウディオの手を離した。

「ごめんね、クラウディオ。悪く思わないでくれ」

「きみのわがままを聞くのはこれが最後だからね」

ゼシウスはため息まじりに文句を言い、落ち込んだ様子のローレンスの背中に手を添えた。歩み去る二人を見送って、キアルは声を出すことも、動くこともできないでいた。

なにから話せばいいいか、頭が混乱していてわからない。

「キアルには、近いうちに家に帰ってもらう。今度こそ、本当にだ」

クラウディオは距離をあけたまま、静かにそう言った。

「兄が話したみたいだが、婚約をするんだ。ゼシウスもすすめてくるし、俺も、それが一番いい方法だと思っている。短気で危険なフォークではなく、安心して王の補佐を任せられる存在だと、認められなくてはならないから」

「……みんな、きっと祝福します」

どうにか声を押し出して、途端にどっと悲しみが込み上げた。いやだ。彼と離れたくない。

クラウディオはキアルのほうを見てはいても、視線をあわせてくれない。数歩の距離以上にクラウディオが遠く感じられ、キアルは身体を震わせた。

「でも……でも、食事は必要ですよね？　結婚したって、ケーキを食べなかったら死んでしまいます」

「——キアル」

みっともない真似をしているのはわかっていた。でも、すがらずにはいられなかった。

「僕、クラウディオ様のためなら泣きます。血を吸われるだけでもいいんです。僕はただそばに——」

「キアル」

そばにいられるだけでいい、と言いかけたキアルを、クラウディオが遮った。

「ゼシウスが言わなかったか？　おまえのその感情は、俺のせいだと」

「クラウディオ様のせいなんかじゃありません」

「俺のせいなんだ。俺がフォークで、おまえがケーキだから、どんなにいやでも、憎んでいても好きだと思ってしまう。いわば偽物の恋情だ。——俺がおまえを喰ったから、歪めてしまったんだ」

すまない、と言われて、ずんと身体が重たくなった。同じように謝られたのは——神殿で抱かれたときだ。好きだ、と伝えた、あのあと。

一度も信じてもらえなかったのだ、と思うと、張り裂けそうに胸が痛む。

「……僕はずっと、クラウディオ様のことが大事でした。その気持ちも、偽物だって言うんですか？」

「だが、友達だ、と言ってくれた。城を訪ねてきたときは、俺を好きだとは——恋人のように好きだとは思っていなかっただろう？」

悲しげなクラウディオの眼差しに、キアルは声をつまらせた。

「それは……意識してなかった、だけで」

「では、いつ好きだと思った？」

「——」

重ねて問われ、答えられなかった。不安が膨れ上がる。黒豹の姿から戻った彼に抱きしめられて初めて、キアルは自覚した。クラウディオが誰とも違うこと。抱きしめてほしくて、離れたくないと感じた。甘く酔うような幸福感があって、口づけも抱かれるのも喜びだった。

（……再会するまでは、あんなこと、クラウディオ様とするなんて想像したことはなかった）

好き、と感じたあの高鳴りが錯覚だとは思えない。でも、もしそれが、ケーキの本能だったら？

思い返せば、特別聖堂で口淫をされたとき、抱かれないことにがっかりしてしまったのも、これまでのキアルならありえない感情だった。

（――――これは、偽物の気持ちなの？）

役に立ちたかった。恩返しをしたかった。純粋な気持ちで城に来たはずで、でも今は彼が好きで、結婚なんていやだ、と思っている。トルタ宮にほかのケーキが住むのも、考えたくない。

「おまえの感情は、本物じゃないんだ」

不安をさらに煽るように、クラウディオが言った。

「ケーキにとっては心を守るための反応なんだと思う。ただの獲物として喰われるんじゃない、愛しているからだ、と思うほうが幸せだから。抱かれて快感を感じてしまうのも、好きだからだと思えば、自分を責めなくてすむ」

「………そんな、」

「フォークに喰われればケーキは変わってしまうとわかっていたのに、俺がキアルの優しさに甘えて何度も口にしたせいだ。抱かずに涙だけならとか、体液を飲むだけならとか――――それだって普通は、嫌悪感があって当然の行為なのに、おまえに無理強いした」

「無理強いなんて、されてません」

初めてのときでさえ、クラウディオは「逃げろ」と言ってくれた。それがどれほどの忍耐を強いることなのか、キアルには想像もできない。

クラウディオはゆっくりと首を横に振った。

「おまえが拒まない時点で、俺はやめなければいけなかったんだ。今なら、まだまにあう。そばを離れて、血を飲まれることも、抱かれることもなくなれば正気に返るはずだ」

クラウディオは一歩後ろに下がった。

「回数を重ねるごとに、フォークはケーキを歪めていく。キアルが抱かれたのはまだ二度だけだから、きっとすぐ元どおりになれる。家に帰ってくれるな？」

「でも」

「俺を案じてくれるのは嬉しい。でも、このままそばにいて、今よりも俺を好きだと錯覚するようになったら、苦しいのはわかるだろう？　俺に妻ができて、ほかのケーキもいて、キアルのことは気まぐれに喰うだけになったら？　悲しい、つらいとは思わないか？」

「……僕は」

「俺は、友達にそんな思いをさせたくない」

首を横に振ろうとして、キアルはふいに力が抜けるのを感じた。

クラウディオが願うこととキアルが願うことは真逆なのだ。キアルはそばにいたくて、彼は一緒にいたくない。

「わかってくれ。間違った感情でキアルの人生を台無しにしたくないんだ」

懇願するような口調に、やっぱりクラウディオ様は優しいな、とぼんやり思う。でもその優しさは残酷だ。誠実な思いやりから出た言葉だからこそ、キアルがどんなに頼んでも、受け入れてはくれないだろう。

それだけ、キアルの言葉も心も信じてくれていないのだ、と思うと、すがりたい気持ちも、反論したい気持ちもしおれていく。

黙っているあいだに、クラウディオは背を向けて去っていった。ひとり美しい庭に残されて、キアルはしゃがみ込んだ。

息がつまって苦しい。頭は熱く、身体中が痛くて、声をあげて泣きたかった。

(クラウディオ様……一度も、嬉しいって言わなかった)

偽物だと言われてキアル自身も揺らぐような感情だとはいえ、「嬉しいが、でも」という、告白を断るときの常套句《じょうとうく》さえ口にしなかったのだ。キアルにとっては幸せで、舞い上がるようだったあの気持ちが、少しも受け入れられていないのだ、と思うと、消えてしまいたくなる。

(これも気のせいで、そのうち『あのときは変だった』って思うようになるのかな)

わからない、と思って、キアルは膝に顔を埋めた。

追いかけてクラウディオに抱きつきたい。離れたくないと、もう一度訴えたい。震えるほど好きなのに、心を守るための反応にすぎなくて、そのうえ叶わない思いだなんて——これが全部偽物だというなら、キアルはきっとこの先、誰にも恋はできない。

◆
◇
◆

馬車が店の前へと到着する前に、キアルの両親が表に出てきた。馬に乗ったクラウディオに目を丸くし、とまった馬車からキアルが降りると、母親のほうが駆け寄った。

「キアル！　おかえりなさい」

愛情のこもった抱擁にもキアルは浮かない表情のままだった。それでも母親の背中を撫でて、ただいま、と告げる声は優しい。クラウディオは馬を近くの木に繋ぎ、再会を喜ぶキアルたちに歩み寄った。

「長いあいだキアルを借りていてすまなかった」

「滅相もございません、殿下」

帽子を脱いで握りしめた父親が縮こまるように頭を下げて、背後の戸を開けた。

「狭いところですが、中にどうぞ」

断ろうとして、クラウディオは町の人々が遠巻きにこちらを見ていることに気がついた。目立たない装いにしてきたが、変化には敏感らしい。

仕方なく店へ足を踏み入れると、懐かしい匂いがクラウディオを包んだ。夕方近い時間だから、棚はほとんど空だったが、今日もパンが並んでいたようだ。

キアルの父親は店の奥へとクラウディオを通した。住居部分は店よりもさらに狭いが、整頓されていて、いかにも人が暮らしている場所、といった雰囲気だった。

母親が手早くお茶を用意してくれ、クラウディオはなるべくキアルを見ないようにして椅子に腰掛けた。キアルは母親に促されても座ろうとしない。父親だけが正面に座り、クラウディオは彼に向かって切り出した。

「大切な息子を返した早々ですまないが、キアルを連れて、遠くに逃げてもらうことはできないか？」

キアルがはっとしたように顔を上げるのが、視界の端に映った。父親は困惑したように妻と目をあわせたあと、「逃げる、と言いますと？」と控えめに聞いた。

「この国にいるフォークが追いかけようと思っても、探し出せないところまで逃げてほしい。最近、巷《ちまた》で噂になっている話を知らないか？」

「――フォークが暴れて、人を襲うという話ですか？」

思ったとおり、父親の耳には入っていたようだ。

「首都では城のすぐ外で、ケーキの遺体が見つかっている。ジミニアーノの町でもだ。めぼしい都市には人をやって確かめさせているが、行方不明になった者はあちこちの町にいるようだ。噂は北部に集中しているから、このあたりはまだ安全なはずだし、野山に隠れ住んでいるフォークがいるとは考えにくい。だが、牢から逃げ出したフォークの仕業という可能性もある。そいつに襲われないように、キアルには安全な場所にいてもらいたい」

ゼシウスには呆れられたが、クラウディオはやはりドーセオがやったと考えていた。少なくとも、彼はなにか関係しているはずだ。とうに監獄に到着しているはずが、まだ着いていないと報告があった。警護していた兵士ごと行方がわからないということは、どこかで彼らを殺して逃げたのだ。

だが、すべて彼ひとりでやったとも思えない。複数のフォークが欲望のままに暴れていると考えると、この国のどこも安全とは言えない。

父親はいっそう困った様子で、妻と顔を見あわせる。キアルは再び俯いて、表情を隠していた。頑なにも心細そうにも見えるその姿から、クラウディオは無理やり視線を剝がした。できることなら、クラウディオ自身が守ってやりたかった。

口をひらいたのは母親だった。

「うちの子をご心配いただくのはありがたいことです。でも、安全な場所というんでしたら、お城のほうがいいんじゃありませんか？」

「いや。城は危険だ」

なにが、とは説明しなかった。二人とも、クラウディオの元に息子を送り出すのは心配だったはずだ。それでも強くとめなかったのは、キアルの意志が強かったからだろう。自分が信頼されていたとは思わないが、両親に、キアルを送り出したことを後悔してほしくなかった。

「まさか……キアルが、襲われたんですか？」

青ざめた母親に、キアルが寄り添った。

「平気だよ。僕はなんともない」

「でも、少し瘦《や》せたわ。なにか恐ろしいことがあったんじゃないの？」

「本当に、大丈夫だから」

小さな声には覇気がなかった。なにか言いたげに唇を動かし、結局黙って母親の肩を抱き寄せる。一度もこちらを見ようとしないことに寂しさを覚え、クラウディオは内心で自嘲した。当然じゃないか。優しいキアルが傷つくとわかっていて、だがこれ以上彼に甘えることはできないからと、離れることを決めたのだ。

クラウディオは努力して、父親だけを見つめた。

「城にはいられないから、こうして頼みにきた。長旅には、慣れているだろう？」

視界の端、キアルと抱きあっていた母親が、ぎくりとしたように身を竦ませた。父親は諦めたような笑みを浮かべて、お気づきでしたか、と呟いた。

「たしかに、旅はできます。どんな遠くにも行ける。妻も私も渡り虫だったから」

キアルがはじかれたように父を振り返る。驚愕の表情を浮かべた息子に母親は淡い笑みを見せ、腕をほどくと、父親と並んで彼の肩に右手を乗せた。

「黙っていてごめんなさいね、キアル。キアルがここに来る六年ほど前に、二人で抜けたの。渡り虫が渡り虫でなくなるには、続けられないことが条件。お父さんは足が、私は腕が不自由になって、それでやっと、住処《すみか》を持つことができたの」

「――知らなかった」

「キアルは渡り虫には不向きだからって、引き取ることになったのよ。抜けるときに、もしいらない子供が出たら捨てないでほしい、わたしたちの子にしたいって頼んだから」

概《おおむ》ね、クラウディオが推察していたとおりの経緯だった。渡り虫が理由もなく、子供を他人の家の前に捨てるとは思えない。不要なら山でも海でも、捨てる場所はたくさんあるからだ。たぶん母親か父親のどちらかが、重要な仕事をしたことがあり、渡り虫は恩義があって子供を渡すことにしたのだろう、と推測していた。

「クラウディオ様のおかげで店が繁盛する前のこと、キアルは自分のせいだと思っていたけれど、半分は私たち自身のせいなのよ。私たちもよそ者だから。——ごめんね」

「謝らないで」

キアルは両親に近づくと、二人の手を取った。

「もしかしたらそうかなって、考えたことはあったよ。だから、びっくりしたけど……もう昔のことだ」

きっぱりと告げる声には少し張りが戻っていて、キアルらしいな、とクラウディオは思う。彼は他人のためなら、優しくも強くもなれるのだ。一呼吸置いてクラウディオを振り返った表情は、悲しげながらも決然としていた。

「両親には無理を言わないでください。せっかく住む場所があるのに、また放浪する生活に戻るのは可哀想です。父は足が不自由だし、母は左手が動かないんですよ」

父親が、言いづらそうに首を横に振った。

「わたしどもなら、多少不自由でも、旅ができないことはないです。ですが逃げたところで、フォークがまったくいない土地というのはありません。安全というなら、この町にいるのが一番です。ご存じですか？　こんな辺鄙《へんぴ》なところだから、めったにないですが、ときおりやってくるフォークはいます。聖騎士もいれば、異国のフォークもいる。遠回りだが、目立たずに大きな街に行き、ケーキを漁れるからだ。でも彼らはこの店には立ち寄りません」

父親はキアルに優しい目を向け、同じ目でクラウディオのことも見つめた。

「キアルに渡してくださったブローチのおかげで、クラウディオ様の気配が感じられるのでしょう。ケーキがいると気づいても、あえて手出しはしないのです」

クラウディオは眉をひそめた。

「まさか。そんな話は聞いたことがないぞ」

たしかにフォークは、他人の「持ち物」には敏感だ。フォークひとりひとりに固有の気配や匂いがあるから、それが染みついたものには通常、手を出さない。逆に言えば、気に入ったものは取られたくないがために、マーキングと称して自分の匂いをつけるのだ。

手っ取り早いのが性行為でたくさんの精液を注ぐことで、身につける装飾品だけでは、マーキングというには弱い。まして十年以上も効力を発揮するとは思えなかった。

「たまにあるようです。特別に強いフォークは、残す気配も桁違いに強いから、ほかのフォークが敬遠する、と聞きました」

「——さすがに、詳しいな」

「渡り虫は武力の集団だと思われていますが、気候も習慣も違う土地を転々として暮らすには知識が不可欠ですから」

穏やかに言った父親は、手を伸ばすとキアルの腕を撫でた。

「この町なら、住民が味方になってくれます。なにか異変があればすぐ知らせてもらえるんですよ。十一年前に殿下がキアルを友達にしてくださってから、キアルが努力した結果です。ここにキアルを嫌いな人間はいません」

「それは……そうだろうな」

容易に想像がついた。どこの町でも、キアルにかかれば皆好意的に接してくれるのを、クラウディオも見た。毎日のように接してきたここの人々ならば、家族のようにキアルを案じてくれるだろう。

「では、ほかのものも置いていこう」

首飾りと腕輪を外し、マントにつけた飾りボタンも取った。テーブルの上に置かれた装飾品を、キアルはせつなそうに眺めていた。大丈夫だ、と抱きしめてやりたくなって、クラウディオは立ち上がった。

「俺が帰ったら、連絡をするまでできるだけキアルは外に出さないでくれ」

わかりました、と父親が頷く。背を向けようとすると、キアルがようやく、クラウディオを見た。

「待ってください。その……噂になっているフォークは、クラウディオ様が捕まえてくださるんですよね」

「ああ。できるだけ早く、危険のないようにする」

「そうしたら、」

言いかけて声を掠れさせ、キアルは言い直した。

「……そうしたら、いつかはまた、ここに遊びにきてくれますか？　ローレンス様が王になられたあとてもいいんです。お二人でパンを買って——また、友達に戻れますか？」

目が潤んでいた。握った拳は白くなっていて、尋ねるかやめるか、葛藤したに違いなかった。憔悴《しょうすい》して思いつめた様子は、普段の明るいキアルからはかけ離れていて、ちくちくとクラウディオの罪悪感を刺激した。

ゼシウスはいつも正しい。ケーキを尊重するふりをして残酷なのは、従兄よりも自分のほうなのだ。喰らうごとにケーキはフォークに対して献身的になり、まるで恋に落ちたように与え、求めてくる。キアルはずっと、友達だと言ってくれた。それがいまや、クラウディオに溺れたように、離れたくない、と口にするのが可哀想だった。

本当に恋に落ちてくれていたら、と考えかけ、クラウディオはすぐにそれを打ち消した。

それは、望んではいけないことだ。仮に愛してもらえても、自分は彼を喰らってしまうのだから。

「友達には戻れない。会うのも今日が最後だ」

「……っ」

キアルが深く俯く。涙が落ちるとぱっと甘い香りが立ち込めて、できることなら拭ってやりたかった。

「おまえと友達だったことは俺の宝だ。初めて会った日のことが今も忘れられない。不安でたまらなくて、暗闇にいるような心地がしていたのに、キアルは眩しくて——日の光みたいだと、思ったんだ」

肩が小さく震えている。手を伸ばせば触れられる距離にいるのに、決して触ることのできないその身体を見つめて、クラウディオは告げた。

「弟みたいで可愛いと思ったし、守ってやりたいと感じて、仲良くなりたかった。もしフォークにならなければもう一度会いにこようと思っていたのに、なってしまったから、もう一生会えないと思っていた。なのに再会して、しかもケーキで、皮肉な運命だと呪って——それでも、おまえにまた会えて、嬉しかった。キアルは全然変わっていなかったから。……どうかずっと、すこやかで幸せでいてくれ」

願うような思いを込めて言って、クラウディオは両親に念を押した。

「キアルのことを頼む」

「——わかりました」

なにか言いたそうだったが、二人とも結局は了承しただけで、店先まで見送りに出てくれた。クラウディオは繋いでいた馬を連れてくると、二人に頭を下げた。

「大事な息子を傷つけて、すまなかった」

「——クラウディオ様」

両親ともにクラウディオを責める気がないのが伝わってくるから、よけいに申し訳ない。あとで褒美も届けさせようと思いながら馬にまたがると、冷たい風が吹きつけた。天気が変わりそうだ。夕闇のせまる山の向こうには、暗い雨雲が立ち込めていた。

降り出す前に隣町まで行ければいいが、と思いながら、クラウディオは馬に拍車をつけた。空腹は、不思議と感じなかった。

◆　◇　◆

夜は嵐のような天気になった。

風の音と雨が叩きつける音を聞きながら、キアルは小さな居間の椅子に座ったままだった。

大切なものが身体から抜け落ちてしまったように、考えることも、動くこともできない。もう会わないとクラウディオに宣言され、泣いてしまったキアルを両親は慰めてくれ、そのときは「大丈夫」と言えたのに、涙が枯れてしまうと動けなくなった。

座ったきりのキアルを、両親はそっとしておいてくれた。朝が来て、雨がやまない真っ暗ななか、パン作りがはじまる。今日は客が少ないだろうから減らそうとか、水を加減しなくてはとか、二人が静かに話しあう声を聞いているうちに、いつのまにか朝も昼も過ぎていたようだ。

「キアル。少しは食べないと」

そっと肩を撫でた母親にあたためたミルクを差し出され、キアルはまばたきした。外は相変わらず暗い。強い風が窓を軋ませていた。

「……今、何時？」

「もう夕方よ。一日雨だと、なんだか気が滅入るわね」

母は子供にするようにキアルの頭を撫でてくれ、キアルはミルクを一口飲み込んだ。甘い。普段ならおいしいはずのそれが棘のように喉を刺激して、唐突にまた、涙があふれた。きっとクラウディオは、普通の食べ物を口にするたびにこんな感じがするんだろう。身体が受けつけずに、喉や胸がこんなにも痛む。

自分を食べてほしかった。彼には苦痛に呻くのではなく、安堵と至福の表情を浮かべていてほしい。寄り添っていたいし、抱きしめてあげたくて、抱きしめてほしい。

この思いが、城を訪ねようと決心したときの自分とどれくらい隔たっているのか、もうキアルにはわからなかった。ただせつなくて、寂しい。

クラウディオは最後まで優しかった。迷惑だとも困るとも言わず、すこやかでいてほしいのだと諭してくれた。思いやりのある態度はかえって、キアルにとって宣告のように思えた。どんなことがあっても、彼はキアルと一緒にいてくれることはもうないのだと、悟るしかなかった。

悟って、絶望して――なのにキアルはまだ、彼に会いたくてたまらない。

ぐっと唇を噛んで涙を拭うと、外が慌ただしくなった。風音にまじってノックの音が響き、顔見知りの男性が顔を出す。走ってきたらしく、息は荒く、表情は険しかった。

「大変だ。町の北側の外れの空き家で、人が殺されていたらしい」

「人が？　誰か見たのか？」

父親が店の片づけを中断し、苦しそうな男性を椅子に座らせた。母が水を差し出すと、彼は一息に飲み干した。

「最初は子供が見たらしい。この嵐に怯えた犬が逃げたとかで、探しに出てたんだと。そしたら空き家のはずの家の窓で動く影が見えて、近づいて覗いたら黒くてでかい獣がいたって」

「黒くてでかいって、まさか」

父が顔を強張らせて振り向いた。キアルもすっと血の気が引くのを感じた。

「逃げ帰ってきた子供が母親に報告して、最初は嘘だと思ったらしいんだが、今朝あんたからも注意したほうがいいって話があっただろ。それで何人かで改めて見にいったら、獣はいなかったかわりに、中で人が死んでたんだ。知らせなきゃっていうんで、俺が走ってきたんだ」

「助かるよ、ありがとう」

父が礼を言い終えるより早く、キアルは立ち上がっていた。母が腕を掴んできたのを、無意識に振り払う。

「キアル！　待ちなさい！」

とめられても待つなどできなかった。黒く巨大な獣がもし本当にいたら。そんなことはありえないはずだけれど、万が一にもクラウディオだったら。前の食事からは、もうひと月経っているのだ。

（僕が行かなきゃ）

外は大粒の雨がまばらに降っていた。風も強く、視界は悪いがなにも見えないほどではなく、すぐに北に向かって走った。ささやかな中心部を抜けて通りを進むと、向こうから数人が駆け戻ってくるのが見えた。

力自慢の男性ばかり、皆怯えた表情で、転びそうになりながら走ってくる。キアルに気づくと大声で怒鳴った。

「戻れ！　バケモノだ！」

「バケモノって、どんな?」

すれ違いざまにひとりを摑まえると、彼はじれったそうに身をよじった。

「バケモノはバケモノ、フォークだよ! 遺体を運び出そうとしたら、ありえないくらいでかい狼が出たんだ。黒くて、裂けたみたいな口で……、キアルも、すぐ家に戻れ」

彼はキアルの手を振り払うと一心に町へと戻っていく。キアルは半分だけほっとした。狼ならクラウディオじゃない。だが。

(お城には、黒い狼の聖騎士はいなかったはずだ)

キアルが見たことがないだけで、いたのかもしれない。あるいは聖騎士ではないフォークの可能性もある。噂があったとはいえ、まさか自分の町の近くに出るだなんて——偶然だろうか?

そういえば、ジミニアーノでもケーキが殺されていたはずだ。まるで誰かがクラウディオかキアルのあとを追っていて、そのついでに殺しているみたいだ、と考えて、背筋が冷たくなった。

ドーセオは、黒に近い灰色だ。この天候なら黒と見間違えてもおかしくない。彼は監獄に送られたはずだけれど。

(あのときドーセオ様は、クラウディオ様のことを逆恨みしていた。わざわざジミニアーノまで追いかけて僕を襲ったのは嫌がらせだったんだよね。——だとしたら)

今度こそ恨みを晴らそうとして、ここまで来た、とも考えられる。

数秒だけ迷い、キアルは町外れに向けて歩きはじめた。

目撃されたフォークがドーセオでも、違う人でも、キアルの血を飲めば人間に戻るはずだ。この町にだってほかにケーキがいるかもしれないし、普通の人間が襲われる危険もあるのだから、クラウディオ以外に食べられるのはいやだなどと、言っている場合ではなかった。

ほどなく、畑と草地のあいだに立つ小さな家が見えた。灯りは当然なく、窓から中を窺うことはできないが、扉はひらきっぱなしになっていた。そろそろと覗き込む。

はじめは暗がりでなにも見えず、キアルは一歩だけ中に踏み込んだ。

「……ドーセオ、様？」

呼びかけても反応がなく、誰もいないのかと後ろに下がろうとした途端、なにかが動いた。暗闇に光が生まれるように、白い——銀色のものが、姿を現す。

ふさふさと輝くようなそれは獣の胸毛だった。顔はもっと高い位置にある。天井につかえるように窮屈そうな格好で、真横にひしゃげた大きな耳が動いた。

尖った鼻先。きつく吊《つ》り上がった目。

狐だ、と理解して身を翻すよりも、相手が襲いかかってくるほうが早かった。肩に鋭い痛みが走り、全身が痺れる。

「————ッ」

一瞬で足が萎えた。膝から崩れ落ちたキアルを銀狐は悠然とくわえると、優雅な動きで小屋から飛び出した。

どこかで気を失ったらしい。

人の気配を感じてはっとして目を開けると、そこは知らない屋敷の中のようだった。

キアルが寝かされていたのは大きな長椅子で、下には毛足の長い絨毯が敷かれている。優美な異国風のデザインのテーブルを囲んでいくつも椅子が配置され、そのそばに人がひとり、立っていた。

「ああ、目が覚めたね」

微笑んだのはゼシウスだった。真っ白なローブを羽織っている。ハンカチで口元を拭っていた彼がそれを落とすと、真っ赤な血がついているのが見えた。キアルは急いで身体を起こした。

逃げよう、と思ったのだが、途端に目眩が襲ってきて、ぐったりと倒れ込む。首筋にはぬるりとした感触があり、触れるとまだ血が流れていた。

ゼシウスの笑い声が、反響して聞こえる。

「逃げたかったのかい？　僕に喰われるのはそんなにいや？」

「――当たり前、です」

「当たり前か、可愛いな。よっぽどクラウディオに惚れているんだね。でも、僕ももう味見はさせてもらったよ。たしかにずいぶんと美味だ。血を飲むだけで人間の姿になるなんて久しぶりだよ」

ゼシウスがお茶のセットの載ったワゴンを押してきた。目眩をこらえつつ、キアルはもう一度室内を確認した。

入り口はひとつ。扉はなく、岩をくり抜いたようなアーチ型だ。よく見れば、絵を飾った壁も、床も、石の質感だった。

「――ここは、どこですか？」

「僕の仮住まい、といったところかな。まだベスティアが正しく敬われていた時代に造られた場所だよ」

長椅子の前のテーブルにワゴンを寄せたゼシウスは、カップ二つにお茶を注ぎ分けた。ねっとりと濃い花の匂いが漂う。

「特別に、気分がよくなるお茶を用意してあげたよ。おまえのことはしばらく、ここで飼ってあげるからね」

カップをキアルの前に置き、ゼシウスは隣に座ってくる。慈しむ手つきで抱き起こされて、力が入らないまま、キアルはぞっとした。優しい態度が、かえって恐ろしいのだ。

「ここは山の上だけど、服も食料も、水も薬もある。身の回りの世話をする使用人も、近々持ってきてあげよう。おまえは大事なクラウディオの餌だからね」

濡れて張りついていた前髪をかき上げられて、キアルは首を横に振った。ゼシウスは「しぃ」と小さな子供にするように、唇に指を当てる。

「わがままはいけないよ。いい子にしていたら、死ぬ瞬間まで気持ちよく過ごさせてあげる」

「……死ぬ？」

「おまえも嬉しい死に方だよ。クラウディオに食べてもらうんだ」

丁寧にキアルの髪を撫でつけ、それからゼシウスはうっとりしたように自分の身体に手を這わせた。

「獣の姿はね、キアル。僕たちベスティアにとって本来の姿で、一番自然で心地いいんだ。僕も最初は、腹を立てて狐の姿になってしまったんだけど、そのときに気がついたんだよ。どうして獣になりたくないなんて思わなくちゃいけないんだろうって。そんなの、人間の都合じゃないか」

腹から胸、喉へと撫で上げて唇をたどり、満足げなため息をついて、ゼシウスはお茶を傾けた。片手はキアルの身体を抱き寄せたままだ。

「力が強いとか凶暴だとか、そんな理由であんなに気持ちのいい姿を遠慮するなんて馬鹿げた話だ。僕らはそういう生き物なんだ。人の姿に戻るのにケーキを喰い殺すのは、ただ必要だというだけ。どちらの姿で過ごすかは僕たち自身が決めることであって、強制されることじゃない。そうわかったら、ほんの少し怒りを強めるだけでも、狐の姿に変われるようになったんだ。素晴らしいだろう？」

気持ちよさそうにまばたきをしてお茶を味わい、ゼシウスはキアルの顔を覗き込んだ。

「獣の姿でケーキを食べると、人間の姿で食べるより、ずっとずっと美味なんだ。多少面倒だけど、ケーキ狩りも悪くはないし、こうして人の姿に戻れば、馬鹿な人間たちに命令したり操ったりするのも楽だ。獣の姿になるのはいいことづくめなんだよ」

長い舌が、キアルの頬を舐め上げた。

「おまえの味も気に入ったよ。こんなに滋養のあるケーキも珍しい。最近は二人喰わないと戻れなかったのに、血を飲むだけですんだから、クラウディオが執着するのも無理はないね。できたら全部食べたいけど、クラウディオのものだから横取りはしないよ。どうしてか、わかるかな？」

「——知りません」

「僕はクラウディオにもう一度豹になってもらって、ベスティアとしての誇りと自覚を持ってほしいんだ」

「そんなことをして、なんになるんですか？」

ひどくやるせなかった。ゼシウスのことは、従弟思いのいい人だと思っていた。クラウディオだけでなくローレンスも信頼していたのに——こんな裏切り方は、ひどい。

ゼシウスは興を削《そ》がれたように冷めた表情になった。

「なにになるかって？　もちろん、ベスティアのためになるじゃないか。この国をクラウディオに治めてもらい、ベスティアの地位を向上させる。今度は人間が奴隷になって、ケーキを産むために繁殖させるのさ」

「王になるのは、ローレンス様でしょう」

「表向きはね。だけど、あんなやつに王が務まるわけがないんだ。相手にされないとわかっていて僕に惚れるような愚か者で、しかもひとりではなにもできない小心者だ」

「そんな——そんな言い方しなくたって」

「僕は事実を言っているだけだよ？　だからあいつがいようと、実質はクラウディオが王だし、いずれは名実ともに、クラウディオが王位につくよ。そうなるように、僕がずっと計画してきたからね」

冷ややかで身勝手な言い分だった。怒りが湧くよりも寂しい気がして、キアルはゼシウスの秀麗な顔を見つめた。

「クラウディオ様は、受け入れないと思います」

「――ケーキごときが、クラウディオを理解できるとでも？」

ぴりっとゼシウスの視線に苛立ちがまじり、反射的に身体が竦む。それでもキアルは言い返した。

「だいたい、クラウディオ様は、豹の姿になりたいとも思ってないんです。豹になっても、僕が口づけすれば戻れるんだから、食べたりするもんか」

「豹の姿にさせるのは簡単だよ。前も、あっけなく変わったじゃないか」

苛立ちをにじませつつも、ゼシウスは笑みを浮かべた。

「ドーセオに手を出させてみたら怒り狂って豹になっただろ。今回も同じ方法を使えば、彼はドーセオを許さないはずだ」

キアルは目を見ひらいてゼシウスを見つめた。

「そんな……あなたがドーセオ様に、僕を襲わせたんですか？」

「もちろん。弟のことで怒っていたから、我慢することはないって助言してやったのさ。あいつは便利な駒なんだ。だから監獄送りが決まったあとも、逃げていいと言ってあげたんだ。おまえの町でもひとり殺させたよ。黒い獣が出たと聞けば、おまえが来るだろうと思ってね」

罠《わな》だったのだ、と悟って、キアルは唇を噛んだ。全部、ゼシウスが仕組んでいたのだ。

「僕をおびき出したいだけなら、なにも殺さなくてもよかったじゃないですか」

「ドーセオにやらせる以上、褒美をやらなきゃいけないだろう？　あいつはもうだいぶ獣寄りだから、ケーキでもないちんけな人間でも殺せて楽しかったみたいで、喜んでいたよ」

ゼシウスは残酷なことを平然と言い放ち、お茶を口に含むと、泥でも飲んだように顔をしかめた。

乱暴に放り出したカップが、音をたてて割れる。

「これからドーセオに頑張って暴れてもらって、クラウディオがあいつを殺す。ベスティアは力を使うほど飢えるから、ひと暴れすれば、クラウディオだって我慢ができなくなるはずだ。そのとき目の前に好きな味のケーキがいたら、喰うに決まっている。――本当は、ジミニアーノで食べさせるつもりだったんだ」

　優美な手が、キアルの喉を摑んだ。

「う……っ、ぐ、ぅ……っ」

「口づけだけで戻ったとか神官が騒いでたけど、いくらうまいケーキでも、そんなわけがないんだ。どうせおまえが泣き落としかなにかしたんだろう。クラウディオに我慢させるなんて、悪い子だ」

「――ッ」

「おまえさえいなければ、今ごろ、クラウディオだって僕の言うことを聞いてくれていたはずだ。全部お膳立てしてあげたんだよ？」

　強い指が喉に食い込んでくる。気道が押しつぶされて息ができない。もがくキアルの耳に、ゼシウスの独白のような声が流れ込んできた。

「馬鹿な女を言いなりにして毒を盛らせ、クラウディオには獣になってもらう。獣になったら、僕が選んだおいしいケーキを食べてもらう予定だった。なのに、クラウディオはちっとも喜ばなかったんだ。抱けばいい、喰い殺してかまわないと教えてあげたのに」

「……んぐ……う……っ」

「今度こそ、計画は成功させるよ。喰い殺してみればクラウディオにもわかる。我慢なんて意味がなかったってね。おまえも目障りになってきたから、死んでくれればちょうどいい。誇り高きベスティアが、たかがケーキに思い入れを持つなんて、あってはいけないことなんだ。目が覚めたクラウディオには僕が選ぶ花嫁とつがってもらうよ。ベスティアを産める女が見つかるまで、何人でもね」

視界が暗くなっていくのを感じながら、キアルは呆然とした。

（いつから、この人はこんな恐ろしいことを考えていたんだろう）

クラウディオに親身になるふりをして、自分の理想を押しつけている。そのために陥れて傷つけたのに、反省ひとつしていないのだ。それは、欲望も露わに襲いかかってくるドーセオより、はるかに恐ろしかった。

ゼシウスの手にさらに力がこもり、尻が長椅子から浮き上がる。絞め殺される、と感じて彼の手を摑んだが、途端に床へと放り出された。

ごぼっ、と胸がいやな音をたてた。激しく咳《せ》き込んで背中を丸め、キアルは逃げようとした。ここにはいられない。戻って、城に行って、クラウディオに伝えなければ。

目眩と息苦しさで立ち上がれず、床を這う。いくらも進まないうちに頭が脚にぶつかって、キアルはぎくりと顔を上げた。目があう。黒くぎらついた目つきの男は、唇の両端を吊り上げるようにして笑った。

「今度こそ喰えるなあ、キアル？」

そこにいたのはたしかにドーセオだったが、容貌も、声も変わり果てていた。

屈強な美男だったはずの顔は野蛮に歪み、醜く見える。しゃがれた声には狼の唸り声が重なり、聞き取りづらかった。厚い胸板は速い呼吸で上下していて、キアルは必死に立ち上がった。

ぽっかりと口をあけた部屋の入り口から外に出ると、トンネル状にくり抜かれた岩の中で、まるで洞窟だった。間隔をあけて火が灯《とも》されているが暗い。右側と左側を見比べて、咄嗟に左を選んだ。

こちらからは風が流れてくる。出入り口があるはずだと考えたのだが、すぐにドーセオが追いついてくる。背後から抱き竦められて、全身に悪寒が襲った。

「ほぉら、まずはキスしてやる。好きだもんな？」

「い……や、だ、やめろ……っ」

「舌突っこまれると嬉しいんだろ？　クラウディオに舐められて喜んでた」

嘲笑《あざわら》うようにドーセオの唇が頬に押しつけられ、暴れると腕がゆるむ。わざと逃げさせて楽しんでいるのだ、とわかったが、諦めて身を委ねることはできなかった。

（絶対、絶対にいやだ）

嫌悪感があるのはもちろんだけれど、キアルがドーセオに少しでも食べられたら、襲われないように旅に出ろとまで言ったクラウディオがどれほど怒るか。ゼシウスの思惑どおりにさせるわけにはいかなかった。

全力で駆け出したつもりが、足は鉛のように重かった。目眩でふらつく身体は汗ばんでだるく、首筋に触れると指がぬめる。ゼシウスに嚙まれた痕が、まだ出血しているのだ。

（クラウディオ様）

悔しさが込み上げてくる。宝物だった、と彼は言ってくれた。再会したくなかったが、それでも会えてよかったと、まっすぐに目を見て言ってくれた。

そのあたたかい心を、キアルは悲しいと思ったのだ。好きな気持ちを偽物だと言われたから。そばにいたいと頼んだのに、突き放されたから。

よく考えたら、すべてキアルのために決まっているのに。

（クラウディオ様）

「外で喰われたいのか？」

腰にドーセオの腕が絡みつく。ひゅっと息を呑んだキアルを彼は難なく持ち上げて、優しげに囁いた。

「……っ、はなせっ、——ッ」

「連れていってやろう。おれは紳士だからな」

足をばたつかせたものの、踵が当たってもドーセオはなにも感じないようだった。通路を通り抜けて風の吹きつける外まで連れていかれ、キアルは呆然と目を見ひらいた。

そこは広い石畳になっていたが、その先は真っ暗な空しかない。雨まじりの風が強く吹きつけた。雲の流れが速く、ときおり、銀色の月が見え隠れする。振り返れば岩肌を掘り込んだ装飾が、洞窟の入り口を飾っていた。すぐ上の特徴的な尖った山頂は、キアルの町からも見える山のものだ。岩だらけで傾斜がきつく、危険をおかしてのぼっても採れるものがないからと、中腹より上には人が立ち入らない山だった。

近くはないけれど遠くもない。そんな場所にフォークがひそんでいるなど、考えたこともなかった。

「逃げ回ってもいいぞ。どうせ道はなくて断崖絶壁だ、ここからは出られない」

囁きかけ、ドーセオが腕をゆるめた。ふいのことに身体が前のめりになり、キアルはうつ伏せに倒れ込んだ。

立ち上がろうとした背後でドーセオの気配が膨れ上がる。勝ち誇ったような遠吠えが空気を揺るがして、びりびりと肌が痛んだ。

身体を反転させたキアルの目に映ったのは、巨大な狼だった。わずかな月明かりに、ひらいた口からしたたる涎《よだれ》が見える。

「そんな――どうして」

強い感情がなければ獣になれないはずだ。ドーセオは、垂れ下がった赤黒い舌を動かして笑った。

「腹が立つことなんかいくらでもあるだろ。普通はこらえる程度の怒りでも、我慢しないで思いきり爆発させりゃ、獣になるなんてわけないのさ。ゼシウス様が教えてくれたんだ」

得意げに言い放った狼は、わずかに身体を沈めたかと思うと飛びかかってきた。

無我夢中で転がって避ける。肩を爪が掠めて、痛みに腹が痙攣した。血が岩の上にしたたって、キアルは振り返ってドーセオを睨んだ。

「僕を食べることは、ゼシウス様だって許していないはずだ！」

「喰い殺したって叱られはしないさ。あのいけすかない王子には、頭だけ残しておけばいい。――さあ、逃げろ」

言うなりドーセオは口を大きく開けて威嚇した。キアルは肩をかばって立ち上がった。逃げなければ。崖の下に飛び降りてでも。

よろめきながら石畳の端を目指すと、後ろからドーセオが追いかけてくる。いつでも飛びかかれるのに、わざとキアルを逃がしているのだ。

「どうした、走らないのか？」

嘲笑され、今度は右足が鋭く痛んだ。痛みに崩れ落ちて振り返れば、ドーセオは突き立てた牙をキアルのふくらはぎから抜き、割れた肉の上をぐちゃりと舐めた。

「――――ッ！」

「ドーセオ、殺してはだめだよ」

痛みに悶えるキアルの耳に、洞窟の中からゼシウスの呆れ声が聞こえた。わかってる、と答えたドーセオは少し不満げだ。

キアルの血を飲んだというのに、狼の姿から戻らない。まるでもう人間であることをやめたかのように、岩に落ちた血を舐める姿にぞっとしながら、キアルは手を伸ばした。あと少しで、石畳の縁に指が届く。岩を摑んだら引き寄せるようにして身体を運び、その勢いで落ちればいい。崖に打ちつけられて死ぬほうが、喰われて死ぬよりはましだった。

（クラウディオ様、逃げきれなくてごめんなさい）

祈るように彼を思い浮かべたとき、ふっと風がやんだような気がした。崖の下から闇が迫《せ》り上がったように感じられ、キアルは空を見上げた。

雲が月を隠したのかと錯覚したのだが、ゆらりと黒いものが動き、やわらかい毛が頬を撫でていく。大きな生き物がキアルを腹の下におさめるように立っているのだと気づいて、どくん、と心臓が音をたてる。長く揺れる豹の尾——クラウディオだ。

痛む足を抱き寄せるようにして振り返ると、ドーセオが姿勢を低くして毛を逆立てていた。低い唸り声をあげたかと思うと、跳躍する。

同時に、クラウディオも跳んだ。

「っ、だめ……！」

二人を戦わせたら、ゼシウスの思いどおりになってしまう。

だが、キアルの声はドーセオの咆哮《ほうこう》にかき消されて、誰にも届かなかった。重い音を響かせて、空中で獣同士がぶつかりあう。黒豹はしなやかに身をしならせ、顎をひらくと狼の喉に食らいついた。

苦鳴が岩に谺《こだま》する。狼はもがくように四肢を振り回したが、黒豹の顎から逃れることはできない。クラウディオが頭を一振りすると高く放り出され、吠え声だけを残して崖の下に消えていった。

ごうっ、と唸るように風が吹き寄せた。

時間にしたら十秒ほどのあっけない決着だったが、キアルは緊張に身を強張らせたままでいた。石畳に降り立ったクラウディオは苦しそうに見える。そうして洞窟の入り口からは、ゼシウスが姿を現すところだった。

さっきと同じローブ姿だ。優美な微笑みが禍々《まがまが》しい。

「ようこそ、我が従弟よ。歓迎するよ」

両手を広げたゼシウスは、クラウディオを満足そうに見つめた。

「きみは本当に美しいな。もう空腹だろう？　まずはそのおやつを食べてしまうといい」

「――食べない」

クラウディオが動いて、キアルとゼシウスのあいだに立ちはだかった。キアルからはゼシウスの姿が見えなくなったが、「そう？」と笑みまじりの機嫌のいい声だけが聞こえた。

「だったら、僕が食べてしまおう」

言うが早いか、気配が膨れ上がる。巨大な狐が姿を現すと、銀色の毛並みは暗闇でも光を放つようにまばゆかった。太い尻尾が揺らされたかと思うと、まっすぐにクラウディオに飛びかかる。

クラウディオは動かなかった。狐はその肩口に容赦なく牙を立て、かるく頭を振ると、黒い毛と血とが飛び散る。

胃が縮み上がる心地で、キアルは悲鳴を漏らしかけた口を押さえた。狐の口には肉片がくわえられている。食いちぎったそれをうまそうに飲み込む姿に吐き気が込み上げたが、そんな傷を負ってなお、クラウディオはその場を動こうとしなかった。わずかに頭を動かすと、紅く光る目がキアルを一瞥する。

「動けるか？」

「……っ、は、い」

（僕が、いるからだ）

動けずにいたからかばってくれたのだ、と気づいて、キアルは無理に立ち上がった。ドーセオに噛まれたふくらはぎが激しく痛んだが、引きずって動く。

向かうのはゼシウスのほうへだ。ドーセオは戻せなかったけれど、ゼシウスはキアルの血で人間に戻れた。ならば、彼を人の姿にしてしまうのが一番早いし、被害も少なくてすむはずだ。

「よせ、キアル！」

キアルの意図を悟ってクラウディオが動くのと、隙をつくようにゼシウスが大きく跳ぶのとが同時だった。

矢のように狐がせまってくる。クラウディオが真横から体当たりすると、狐は石畳の上で転がったが、響いたのは笑い声だった。

「いいぞ、その調子だ！　ドーセオが役に立たなかったからね。もっと運動して、腹をすかせてくれ」

くるりと一回転して立った狐は、長い舌を出してみせた。

「僕はクラウディオに知ってほしいんだ。この姿でケーキを喰うのが、どんなに快感か。人の姿で血を啜るなんていうみじめな方法にうんざりするくらい、おいしくてうっとりして、身も心も昂るんだよ。生きていてよかった、と心から思うあの感覚を知れば、きみだって今まで愚かな我慢をしていたのだとわかる」

「俺は知りたくない」

「知りたいはずだ。このケーキを全部食べて自分のものにしたらどんなに気分がいいだろうって、想像したことがないとは言わせないよ」

「黙れ！」

雷鳴のような雄叫《おたけ》びが耳をつんざいて、キアルは衝撃に崩れ落ちた。

黒豹と狐は互いに噛みつきあう。クラウディオは前肢を振り下ろしたが、狐の分厚い被毛にはばまれて肉には届かないようだ。はじけるように離れたかと思うと再び食らいつきあい、黒豹が今度は離れざまに顔を狙った。予想していたように狐は避けたが、長い爪は速く、その左目を抉った。

苦悶《くもん》の叫びをあげるゼシウスを、クラウディオは許さなかった。勢いを殺さずに喉笛に牙を立て、石畳へと叩きつける。

ずぅん、と地震のように岩が振動し、キアルはもう一度立ち上がった。

「クラウディオ様！　もう離して！」

黒豹は再度頭を振った。くわえていた狐の身体は岩壁にぶつかり、血の跡を残しながら落ちてくる。キアルは必死に豹の前脚にすがりついた。

「だめです。これ以上戦ったら、ゼシウス様が死んでしまいます」

ゼシウスがどんなに悪人でも、血の繋がった従兄弟《いとこ》同士なのだ。あとでクラウディオがつらい思いをするのは避けたかった。

飛びかかろうと姿勢を低くしていたクラウディオが、キアルを見下ろした。視界の隅で、銀色の毛並みをまだらに汚した狐が頭をもたげた。

「もう遅いよ。首の動脈を噛まれてしまったからね、死にそうだ」

掠れて弱々しい音量だったが、それでもゼシウスは愉しげだった。

「これでおまえは継母だけでなく、従兄も殺したことになる。おまえを、人間が許すかな」

「クラウディオ様」

毒のような言葉を聞いてほしくなくて、キアルはクラウディオの鼻先に手を伸ばした。

「こっちを見て。人間に戻って、手当てしなくちゃ。奥に休めるところがありますから」

「俺は――」

言いかけたクラウディオはキアルの肩や脚を見ると目を逸らし、小さく頷いた。牙に服を引っ掛けてくわえ上げ、洞窟へとキアルを運ぶクラウディオに、ゼシウスがさらに言った。

「空腹を我慢することはない。もう食べたいだろう？　それに、今食べなくたって、いずれは必ず喰い殺す日が来るぞ」

愉しげな調子を消し去った彼の声はどこか悲痛に聞こえた。

「僕はただ、きみに誇りを持ってほしい。すべてのベスティアが虐げられない世界になれば、そこに僕がいなくてもかまわないんだ。一度ケーキを喰い殺せば、僕らが頂点に立つべきだって、クラウディオにもわかるはずだ。きみもこのまま、人間と一緒に生きていくのがいいことだなんて、思ってはいないだろう？」

懇願するようだ、とキアルは思う。あれがゼシウスの本音なのだと思えば、憐れでさえあった。その気持ちが、なんとなくわかる気がするから。

ただ「それ」に生まれついたというだけで、疎まれ、のけものにされるのは寂しい。キアルも味わったその疎外感を、きっとゼシウスも感じてきたのだ。

クラウディオは無言のまま進み、キアルがいた部屋を見つけると、長椅子に下ろしてくれた。

「傷口は布で縛っておけ。あとで町まで運ぶ。嵐は二時間もすればおさまるだろうから、夜明け前には家に戻してやれる」

すぐに身を翻す彼を、キアルは呼びとめた。

「待って！　クラウディオ様も怪我してるんですから、一緒に手当てしましょう」

「俺はいい。フォークは傷の治りも早いから」

「でも——人間に、戻らないと」

クラウディオはゆっくりと振り向いた。宥めるように尻尾が動き、するりとキアルの身体を撫でる。

「おまえを喰うわけにはいかない。今はたぶん、口づけでは足りない。足りなかったとき加減できる気がしないんだ。下に連れていける時間までは離れているから、血が見えないようにしっかり布を巻くんだぞ」

まるでもう人の姿に戻りたくないみたいだ、と思えて、キアルは首を横に振った。

「いやです。食べてください」

「頼むからおまえのことだけは、失わせないでくれ。昨日、もう会えないと伝えただろう？」

「……っ」

「ゼシウスが言ったことは正しい。父親の愛する人だけでなく、従兄も殺したとなれば、俺はもう許されないだろう。ならばここにとどまって、二度と城には戻らないほうが人を怯えさせずにすむ」

「——戻らないつもりなんですか？」

「そのほうが俺も気が楽だ。——もっと早くに、ひとりになっておくべきだったな」

黒豹は笑ったように見えた。

「キアルが皆に、クラウディオは死んだと伝えてくれるか？」

静かな声に、キアルは何度も首を振った。そんなことはできない。どうして、いつもクラウディオばかりがつらい思いをするのか。

（ゼシウス様は、やっぱりひどい）

彼の寂しさには同情するけれど、ならばなおのこと、もっと違う方法で寄り添うこともできたはずだ。なのに、こうして結局、クラウディオをひとりぼっちにした。

（クラウディオ様は悪くないのに。優しくて、我慢ばかりしてしまう人なのに）

あふれるキアルの涙にクラウディオは困ったように尾を揺らし、顎を頭に乗せた。

「誘惑しないでくれ。キアルには幸せでいてほしいんだ。おまえが——キアルが、誰より愛《いと》しい人間だから」

またそんなふうに勘違いするようなことを、と思うと胸が張り裂けそうで、キアルはクラウディオの喉下に抱きついた。

「いやです。このまま死んじゃうみたいな、言い方しないでください」

「人間の世界には二度と戻らないなら、生きていても、皆にとっては死んだようなものだろう？」

「でも——」

「いいんだ。キアルさえ幸せに生きていってくれれば、俺も幸せだ。再会してから一度も約束を守れないような情けない男だが、最後に愛する者の人生を守れたんだと思えるから」

短くやわらかい毛並みに顔を押しつけていたキアルは、驚いて顔を上げた。

「——、愛、する？」

クラウディオは豹の瞳を、笑うときのように細めた。

「キアルが友達だと言ってくれたのは嬉しかったが、俺にとってはたったひとり、愛する相手だ。だから——聞き分けてくれるな？」

そっと頬に頬をすりつけられて、身体いっぱいに感情が渦巻いた。

どうしてこんなときになって、愛するだなんて言うんだろう。まるでずっと前から、その気持ちが彼の中にあったみたいに、当たり前の顔をして「愛しい」だなんて——。

どうして、と呟くと、クラウディオは困ったように口元を動かした。

「すまない。言うべきじゃなかったな。最後だと思うと、伝えたくなったんだが、忘れてくれてかまわない」

「どうして、そんなこと言うんですか」

キアルは睨むようにクラウディオを見つめた。

どうしてもっと早くに、打ち明けてくれなかったのだろう。否、なぜ気がつけなかったのだろう。大事にされていることは、痛いほど感じていたのに。キアルの告白を受け入れなかったとき、何度も偽物だと言ったことも、逃げてくれと両親に頼んだことも——全部キアルを思いやっての言葉だと、わかっていたのに。

（僕は、馬鹿だ）

一緒にいたいと願うキアルと、一緒にはいられないと考えるクラウディオと——望みが違うからといって、思いが違うとは限らないのだ。

「……だったら、」

涙と激情で声が震えた。顔を上げてクラウディオの目を見つめると、苦しいほど胸がよじれた。

「だったら、僕もここにいます。僕はクラウディオ様と一緒にいるほうが、ひとりで帰るよりずっと幸せだ」

「——キアル」

「僕はクラウディオ様に、ゼシウス様を殺してほしくなかった。あなたが後悔するのなんかわかりきってるもの。だけど終わってしまったことはもう変えられません。僕も同罪です。あの人が死んだのは、僕があそこにいたせいだ」

悲しそうにクラウディオの瞳が細まったが、キアルは彼の言葉を待たずに続けた。

「僕が町外れの家を見にいかなければよかった。誰の仕業でも人の姿に戻せるなんて思い上がっていたから、さらわれる羽目になったんです。クラウディオ様は助けにきてくれただけだし、そもそも、クラウディオ様が僕を食べずにいられなくなるように仕組んだゼシウス様だって悪い。クラウディオ様だけが、罪を償うなんてだめです。勝手にひとりぼっちにならないで」

「——」

「あなたが僕を食べても食べなくても、僕が、一緒にいる」

そっと手を差し伸べるキアルに、クラウディオは気づいていないようだった。キアルの言葉を噛みしめるように動かずにいる、おとなしい黒豹の鼻先を撫で、唇を近づける。

触れる直前にぶつりと自分の唇を噛み切った。とろりと流れる血をこぼさないよう口づければ、はじかれたようにクラウディオが首を振った。

「よせ！」

苛立つように歯をむいて、クラウディオは唸る。

「友達でも、こんなことまでしてくれなくていい」

「でも僕も、あなたが好き」

びくりとクラウディオが動きをとめた。目が丸く見ひらかれ、それから悲しそうに視線が逸れる。

「それは、キアルがケーキだからだ。俺のせいだ」

「そうですね。ケーキだからなのかもしれません」

キアルはもう一度口づけた。さすがに、わずかな血液と唾液くらいでは戻れないようだ。噛んだ唇は腫れて痛んだが、怪訝そうなクラウディオの無防備な顔に、笑いかけてみせる。

「痛くてもいいって思ったり、食べられて気持ちよかったりするのはきっとケーキだからだと思うけど、でも、それでもクラウディオ様が好きなんです。本物の気持ちじゃない、ケーキなら食べられれば誰が相手でもそうなるって言われても、僕にはこの気持ちが、偽物だとは思えない。たしかに僕はケーキで、クラウディオ様はフォークだけど、もしそうじゃなかったとしても、絶対にクラウディオ様のことは好きだと思うから」

「……キア、ル」

「僕の感情は僕のものでしょう？　他人が嘘だとか気のせいだとか言ったって、僕にはこの気持ちだけが本物で、僕が好きだって思うなら、好きなんです。――だから、僕のことを愛しいって言ってくれるなら、わがままをひとつだけ聞いてください」

「――わがまま？」

「僕と、一緒にいてください」

猫科の瞳の瞳孔が、きゅっと細まる。どんな宝石より美しいその目を見つめて、キアルは言った。

「初めて会ったとき、クラウディオ様は僕に生きていける場所をくれました。両親と一緒に暮らせる居心地のいい町に、ずっといていいんだと教えてくれました。だから次は、死ぬ場所がほしい」

「キアル……」

「息がとまる瞬間まで、幸せでいられる場所です。死んでも寂しくないって思える場所。クラウディオ様が僕を食べて僕が死ぬなら、僕は、ずっとあなたと一緒にいるのと同じでしょう？　――僕を、絶対にひとりにしないって、約束してください」

そっと頰に手を添えると、黒豹の輪郭が溶けるようにぼやけた。眉をひそめてまばたきすれば、そこにはもう、人の姿のクラウディオが立っていて、強くキアルを抱きしめてくる。

「キアルはいつも、俺を暗いところから引きずり出してくれるな」

しっとりと熱を持った人間の皮膚が触れあう。

「戻るべきじゃなかったのに――いつかおまえを喰い殺すかもしれないのに、なぜこんなに嬉しいんだろう」

「嬉しいなら、いいことじゃないですか」

「よくない。最低だ。抱きしめられて幸せだと思って、……思うのに、噛みつきたくなる。誰にも取られないように、キアルの全部を自分のものにしたい」

キアルは静かにクラウディオの背中を抱き寄せた。

「むしろ嬉しいです。僕がひとりぼっちになることは一生ないってことだもの」

「俺はいやだ」

ずるずるとクラウディオの頭が下がって、キアルの肩に顔が埋まる。

「食べて、おまえがいなくなったら、俺が寂しい」

珍しく素直な声に、甘酸っぱい気持ちが湧いてくる。彼の頭を、キアルは優しく撫でた。

「大丈夫ですよ。だって、そういう日が来るとしても、すっごく先のことだと思いませんか？　今もほとんどキスだけで戻れたんですから、きっと、ずーっと二人で過ごせます」

「──キアルに言われると、信じたくなるな」

大きな手が腰を包んだ。クラウディオは顔を上げると、額をくっつけるようにキアルの目を覗き込んでくる。

「本当に、俺が好きか？」

「……はい、クラウディオ様」

きゅっ、と心の深いところが疼く。燃えるようにきらめくクラウディオの瞳に、自分が映っているのが嬉しかった。

「俺をいやだと感じたら、必ず逃げると約束するか?」

「そんなことは絶対ないと思います」

「もし、だ。キアルには少しでも多く、幸せになってほしい。どれだけおまえが大事か、言葉にはできないくらいだから」

「——わかりました。クラウディオ様を嫌いになったら、ちゃんと逃げます」

微笑んで頷きながら、僕たちには本物だ、とキアルは思った。

甘くて、痛くて、疼いて響く、この気持ち。おそらく二人ともが、出会ったときから抱き続けてきた、特別な思い。

フォークとケーキだから生まれた、他人には偽物に思える感情でも、フォークとケーキなのにありえないと言われる感情でも、キアルとクラウディオにとっては、これがたったひとつの心だ。

「……キアル。俺は、おまえが——ずっと、好きだった」

強く抱きしめられて、キアルは目を閉じた。


「いつもこんな場所ばかりだな」

毛足の長い絨毯の上で、裸にしたキアルの首筋に舌を這わせたクラウディオがしおれたように豹の耳を伏せた。

「愛しあうなら、寝台の上がよかった」

「寝台がよければ、きっとどこかにあると思います。ゼシウス様がときどき使っていたみたいだから」

「——ここでいい。ゼシウスが使った寝台は使いたくない」

この部屋だって気分はよくないが、と呟きつつ、クラウディオは唇を離そうとしない。傷つけられたキアルの肩や首筋に、少しずつずらしながらキスしては、優しく舌で撫でてくる。癒そうとしてくれているようだ、と感じたが、実際、舐められると痛みが消えていく。先に舐めてもらったふくらはぎは、もう気にならないほどだった。

ゼシウスやドーセオに嚙まれたときはただ痛いだけだったのに、不思議だ——と思いながら、キアルは震えそうな唇をひらいた。

「先に、家に帰る、とか……」

「おまえの両親が隣で寝ている寝台で抱くのか？」

できないぞ、とクラウディオが真顔になって、小さく笑い返す。

「僕も、それはちょっと恥ずかしいかも、……っ」

必死に意識を逃していたのに、クラウディオの指が耳から顎へとすべると、ひくりと反応してしまう。クラウディオは鎖骨へ、胸へと撫で下ろして、尖った乳首をつまんだ。

「ん……ッ」

「町まで我慢させるのは、キアルが可哀想だ」

空腹だろうに、クラウディオの態度は落ち着いていた。身体が反応してしまっているのはキアルのほうだった。クラウディオにキスして血を与えただけなのに、気がつけば先走りが漏れるほど、性器が硬くなっていたのだ。

肌は汗ばみ、乳首もぴんと勃起している。

（どうしよう……すごく、恥ずかしい……）

見られるのも触られるのも初めてではないのに、心臓はどきどきと速く、逃げたいみたいに全身がそわそわする。

クラウディオはキアルのウエストを摑んでふわりと持ち上げると、自分の膝をまたぐようにして座らせ、「こうしよう」と囁いてくる。

「俺の上にいればいい。背中や膝を痛めなくてすむ」

「僕のことより……食事は、もういいんですか？」

「腹は減っている。でもなぜか、喰いたくてたまらない、という感じがしない。身体の中が満たされているような気がするんだ」

「空腹なのに？」

「空腹なのに、だ」

それは我慢しているだけなのでは、と思ったが、クラウディオはかるく唇をついばんできた。

「こうして口づけるだけでもうまいし、血はだいぶもらった。今日は、俺がキアルに与えてやりたい」

あやすように膝を揺らし、至近距離で見つめてくるクラウディオは、たしかに穏やかな眼差しだった。

「あとで、もう少し食べてくださいね。涙でもなんでもいいです」

「そうだな。もしキアルが泣いたら、もらうことにする。だが無理はするな。ゼシウスにも、ドーセオにも噛まれたんだろう？」

「もう痛くないです。……そういえば」

クラウディオが手を添えてくれたふくらはぎに目を落とす。痛みが消えても噛み痕は生々しい。したたった血を思い出すと、悦びとは別の震えが走った。

「ドーセオ様は、僕の血を飲んでも戻らなかったんです。ゼシウス様は戻れたのに」

「ドーセオのほうが、獣の姿に馴染んでしまったのかもな。変化するほど戻りにくくなるというが、人間に戻ろうという意識が、だんだんなくなっていくのかもしれない」

「そうか……だからクラウディオ様は、すぐ人間に戻れるのかな」

呟いたキアルの額に、クラウディオが唇を押し当てた。

「俺は、キアルが俺を愛してくれているからだと思う」

至近距離から真顔で言われ、キアルはじわじわと赤くなった。ただでさえ恥ずかしいのに、こんなことを言われたら顔も見られなくなる。

俯くと、クラウディオは片手でキアルの背中を支え、もう一方の手は股間をやんわりと摑んできた。

「っ、は、……ぁ、待って、んっ」

「この前キアルが昂っているのを見たときは、俺のせいだと思ってつらかったが……これもキアルが俺を好きだからだ、と思うと嬉しいものだな。色も、ちょっと震えているのも愛おしい」

「んん……っぁ、……っふ、……っ」

座って抱きあった体勢では、愛撫はしづらいはずだ。それでもクラウディオはたくみに陰嚢ごと揉い、丹念に裏側をいじってくる。つぅ、と先走りが糸を引き、気づいたクラウディオがため息を漏らした。

「可愛い」

「……、クラウディオ様、今までと違いませんか……？」

恨めしい気分で、キアルは彼を睨んだ。クラウディオは否定せずに頷く。

「そうだな。自分でも、全然違う。キアルに優しくしたいんだ」

潤んだ先端を指で押さえ、首を傾けてキスをする。唇に、鼻に、目元に。

「抱くことだけじゃない。キアルの望みは全部叶えてやりたいし、ほしがるものは与えてやりたい。俺ができることをすべて捧げても、おまえのくれたものに報いることはできないが――少しでも、返したいんだ」

熱っぽく真摯な声音が染み渡るようだった。いたたまれない恥ずかしさが薄らいで、キアルは自分からもキスを返した。

「さっき好きって言ってくれたから、それで十分です」

「十分じゃない。もっと、ほしいものを言ってくれ」

クラウディオは目を細めると手を動かした。

「先のほうと後ろの孔なら、どっちが好きだ？」

「そっ……そういうのは、聞かないでください」

「どうして？　知りたい」

わりと真面目なのがたちが悪い。わざと恥ずかしがらせているならまだよかったのに、と思いながら、キアルは首筋に抱きついた。

「クラウディオ様の好きなほうでどうぞ。そのほうが、僕も嬉しいです」

「――その言い方は反則だぞ」

唸るように言って尻尾を上下させたものの、背中を支えていたクラウディオの手が下に移動していく。尻を摑んで引き上げられ、ざわりと肌の内側がさざめいた。

自分でけしかけたようなものなのに、される、と思うと緊張する。胸がどきどきと高鳴って、逃げ出したいような気さえした。

でも、それも当然だ。自分たちはこれから、初めて結ばれるのだ。

食べて、食べられて至る行為ではなくて、望んで身体を重ねる。普通の人間同士のように、愛情のために。

クラウディオはじっとキアルを見つめ、指をキアルの口の中に入れてくる。唇を持ち上げて上顎をくすぐられ、とんとんと舌を刺激されて、キアルは目を伏せて吸いついた。たっぷり唾液がまぶされると、クラウディオはその指を後孔《こうこう》にあてがった。

「は……、ん、……っぁ」

予想よりもなめらかに指が奥まで入り込んだ。異物感だけはどうしようもなく、けれどそれがじわじわと快感を呼んで、ゆっくり動かされると腰が揺れた。

「ぁ……っ、ふ、……、んん……っ」

「あまり気持ちよくないか？」

「ん……、よくない、わけじゃなくて、……は、……んっ」

「このへんは、いいはずなんだが」

さぐるように動いた指先が、腹の内側を押し上げる。びぃん、と痺れるような感覚がそこからうなじへと駆け抜けて、キアルはぎゅっと背中を丸めた。

「……っ、は、……ッ、ん……っ」

「なるほど。キアルは声が控えめなんだな」

納得したような、どこか嬉しげな調子で呟いて、クラウディオは幾度も指を前後させた。

「ッ、ぁ、は……っぁ、……ッ、ァ、……っ」

「ゆるんできた。こうやって指を増やしても——痛まないか？」

抜けたかと思うと二本揃えた指が埋められ、びくん、と身体がそり返る。揺れた性器からはたっぷりと白いものが飛び散って、クラウディオの胸を汚した。

「痛くはなさそうだな」

くたん、と脱力したキアルに満足そうに目元をゆるめ、クラウディオはかるく内側を揉み込むと、改めてキアルの尻の下に腕を入れて抱き上げた。

「キアルはそのまま、摑まっていればいい」

低い囁きと同時に、窄まりには硬いものが押しつけられる。かつてないほど熱く感じられ、キアルはいっそう力が抜けていくのを感じた。

とろけて液体になったみたいに、クラウディオのなすがまま、太いそれを受け入れていく。

「ぁ……、ぁ、……っぁ、……っ」

襞のひとつひとつがかき分けられ、拡張される感覚が鮮明に感じ取れる。そのくせ頭はぼうっとかすみ、貫かれた場所以外は自分のものではないような気がした。

腹の中はじゅわじゅわと濡れているようだ。おさめられたクラウディオのものは異物感があるのに、なくしたものをはめ込まれたように、安堵さえ湧いてくる。密着するように腰を引き寄せられれば、萎えた性器がクラウディオの下腹部に当たって、きゅんと奥が締まった。

「……今日は一段と、締まるな」

わずかに呻いて、クラウディオが下から突き上げた。ねっとりと味わうような腰使いに粘膜が擦れあい、目の奥がちかちかとまたたく。

「……ふ、ぁっ……、あ、きもち、……ぃっ」

「気持ちいいか。よかった」

もたれかかるように抱きついたキアルの頭を、クラウディオが撫でてくれる。肩や首筋に口づけて、ゆっくりとキアルの身体を揺する。

「は……、んんっ、……あ、……ぅ……っ」

押し込まれても響くような気持ちよさがあるけれど、引かれたときのほうが快感が強い。クラウディオの性器の表面にある凹凸で襞がめくられるのは、痛みの一歩手前の、燃え立つような快感だった。数度動かれると身体が勝手にしなり、意識が甘く遠のいた。

「また達ったな。もう少し抱きしめていたかったが」

ちゅ、と耳たぶを吸い、クラウディオはしっかりとキアルを抱きしめながら身体を前に倒した。雄のものが抜けてしまわないよう腰を押しつけて、キアルをそっと仰向《あおむ》けに横たえる。キアルはぐるりと世界が回転したように感じて、ぼんやりと目を開けた。

「キアル」

幸福そうに、クラウディオが呼ぶ。絨毯に落ちたキアルの手と指を絡めあわせ、真上から見下ろして彼は言った。

「世界で一番、おまえが好きだ」

「――クラウディオさま、」

光と色とが胸の中できらめいて、キアルは浅く喘いだ。同じ目だ。出会ったときと同じ、きらきらと星を秘めた、紅い宝石の瞳。

愛情を示す短い言葉には、万感の思いが込められている。

「僕も、世界で一番、あなたが好き……」

夢中で抱きつくと同じだけの激しさで抱きしめ返されて、ずるりと性器が抜けかける。ぞくぞくするような快感が駆け抜けたが、クラウディオはすぐに、せつなくすぼんだ奥めがけて深く打ち込んできた。

「――ッぁ、……あ、……ぁ、ぁ……ッ」

ぐちゅぐちゅと音をたてて突かれるのも、擦れて襞がめくれるのも気持ちいい。腹の中にも、身体全体にもずっしりとしたクラウディオの重みが感じられ、それがたまらなく嬉しかった。

愛しあっているのだと、実感する。繋がって、熱と快楽と体液を分かちあって。

「ん、クラ、ウディオ、さま……っ」

好き、ともう一度言いたかったけれど、速度を上げて貪られると、声はうわずって言葉にならなかった。

思いを伝えるかわりに、キアルは身体を委ねた。クラウディオに揺すぶられ、与えられる快感だけを追いかけて、高められるままに感じる。

互いに荒い息をつきながら限界まで昇りつめ、先に陥落したのはキアルだった。

全身を、甘く焦げつくような感覚が襲う。汁をこぼしながらのけぞって、知らずクラウディオの分身を締めつけた。

かすかな呻きを漏らしてクラウディオは腰を使う。キアルには彼のものが大きく膨れ上がったように感じられ、やがて、胃のあたりまでがにぶく痺れた。中で極めてくれたのだとわかって、キアルは深く息をついた。

クラウディオが抱きしめてくる。甘えるように頭をすり寄せた彼は、キアルの目を覗き込むと、愛おしげに微笑した。自然と、キアルの口元にも笑みが浮かぶ。

言葉を交わさなくても心が通いあっているのがわかる。自分だけでなく、相手も幸せを感じているのが伝わってきて、キアルも嬉しいし、クラウディオも嬉しいのだ。

満ち足りた心地でキアルが顔を近づければ、クラウディオからも唇を寄せてくれた。ついばむだけの口づけを繰り返したあとはぴったりと寄り添って、キアルは朝まで抱きしめられて眠った。


山からキアルの町までは半日はかかるはずなのだが、獣の姿で駆けるとあっというまだった。朝の早い時間だが、店の前には大勢の人がいる。父と母を囲むようにして深刻な顔をしているのは、キアルが行方不明になったのを案じてくれているのだろう。

クラウディオが速度を落とす。ゆったりした動きだと足音がしないせいで、すぐ近くに行くまで誰も気がつかなかったが、ひとりが振り向いた途端に、驚愕の表情になった。

「お、おい、あれ……」

全員がクラウディオを振り返る。一様に驚いて逃げ出しかけたものの、背中にキアルが乗っていることに気づいて、ぽかんと口を開けた。

キアルはいつものようににっこりと笑いかけた。

「おはようございます。みんなを心配させてしまってすみませんでした」

クラウディオの背中から降りて、キアルは持ってきた服を広げた。ゼシウスが着ていたローブだ。いつでも隠せるように両手で持って、クラウディオの唇にちゅっと口づける。かるく舌を触れあわせると黒豹の輪郭が曖昧ににじみ、かわりに人の姿が浮かび上がった。手際よくその肩にローブを羽織らせて、人々に向き直る。

「クラウディオ様と、山まで様子を見にいったんです。町外れに出たフォークがそこに逃げ込んだから」

「様子を見にって……キアル」

ようやく我に返ったらしく、母が駆け寄ってくるとキアルの身体のあちこちに触れた。

「大丈夫なの？　怪我は？」

「平気だよ、クラウディオ様が一緒だったんだから」

「それは、そうかもしれないけど」

キアルのすぐ後ろに立つクラウディオの姿を、母は信じられないように見つめた。町の人たちはもっと露骨に、怯えた表情だ。

「今、豹だったよな？」

「なるべく早く帰ってこられるように、僕を乗せてくださったんだよ」

微笑んで、キアルは説明した。嘘ではない。崖の上にあるあの洞窟からは、人の姿では下りてこられないし、麓からでも歩いたのでは時間がかかると、わざわざ獣の姿になってくれたのだ。キアルは町に入る前に人に戻ったほうがいい、と提案したけれど、クラウディオはこのままでいいと譲らなかった。そのかわり、人前でキスして戻してくれ、と頼まれて、そのとおりにしたのだが。

（……クラウディオ様、なにを考えてるのかな）

あえて獣の姿を見せるのは、きっと理由があるはずだ。クラウディオはキアルが視線を向けても目をあわせることなく、落ち着いて人々を見渡した。

「キアルの報告を受けてあの山にのぼってみたが、すでにフォークは死んでいた。おそらくは最近巷を騒がせていた事件も、彼らの仕業だろう」

「彼らって、何匹もいたんですか？」

誰かが不安そうに尋ね、クラウディオは頷いた。

「死体が二名分あったから、仲間割れかもしれない。いずれ聖騎士たちが回収と調査に来ることになるから、彼らがこの町に滞在する可能性もある。世話をかけるがよろしく頼む」

キアルは聞きながら目を伏せた。

石畳のはるか下に落ちたドーセオもまた、尖った岩に引っ掛かるようにして、狼の姿で風に晒されていた。そして、人の姿に戻ったはずのゼシウスも、今朝キアルたちが外に出ると、狐の姿で骸《むくろ》になっていたのだった。昨晩クラウディオが言っていたとおり、獣になるごとに人に戻りづらくなる、ということなのだろうとキアルは思う。姿だけでなく、心も獰猛な生き物へと、変わっていってしまうから。

クラウディオが「自分がフォークを討った」と言わないのは、町の人を怖がらせないためだ。真相は兄に伝えれば十分だ、とクラウディオは言ったが、昨日町を襲ったフォークの正体も明かさないのは、ローレンスのためではないか、という気がした。

繊細なあの王子は、巷でゼシウスの評判が地に落ちれば、我がことのように悲しむに違いない。たとえすべてのことが彼の企みで、クラウディオを苦しめていたとしてもだ。

それに、きっと自身のことを責めるだろう。なにも知らずに頼っていたことも、好意を寄せていたことも、全部つらい思い出になってしまうのだ。

(ゼシウス様だって、本気でローレンス様のことがどうでもよかったわけじゃないはずなのに、一度も迷わなかったのかな)

ゼシウスについて考えると、キアルは少し寂しい気がする。クラウディオのことは、仲間として大切に思っていた。なにかひとつ違うきっかけや出来事があったなら、従兄弟同士、協力しあう未来だってあっただろう。それをゼシウスは、自らの手で壊してしまったのだ。

キアルはしんみりとしたが、町の人たちのほうは落ち着かない様子だった。

「もう危険がないのはありがたいけど……」

「聖騎士様たちが来るってのは……いや、それもありがたいが」

「しかし、さっきみたいに獣の姿になられたりしたら……なあ?」

フォークは獣の姿になると獰猛だ、というのは常識だ。クラウディオが人の姿に戻ってもまだ恐ろしいのか、人々の表情は冴《さ》えない。

と、彼らをかき分けるようにして、ひとりが前に出てきた。

「すっごいなあ、キアル！　獣の姿になってたクラウディオ様に、キスしただけに見えたぞ？」

興奮に顔を輝かせている若者に、キアルは驚いてしまった。

「トニー？　どうしてここに……」

「急にキアルが帰ることになったって聞いて、心配でさ。休みをもらって、様子を見にきたんだよ。そしたらフォークが出て、行方不明になったっていうから、もうびっくりして、城に知らせに行くべきか悩んでたんだが、クラウディオ様が一緒だったんだなあ」

いやあよかった、と大声を出すトニーに、町の人たちも呆気に取られている。トニーは注目されていることに気づかないのか、キアルの両肩に手を置くと「すごいなあ」ともう一度言った。

「獣の姿から人の姿に戻るのって、ものすごく大変だって言われてるのにさ。やっぱりキアルは、クラウディオ様にとって特別なんだな」

「いや、僕はべつに……」

トニーとしては人々の警戒心をゆるめるために手助けしてくれたのかもしれないが、キアルはそわそわして人々を窺った。あまり「特別」と強調されると、誰かが「やっぱり渡り虫だから」と言い出しそうな気がした。特に、偏屈な近所の老人あたりにはいやがられそうだ、と思ったのだが、意外にも、「そうだな」と頷いたのは、その老人だった。

「キアルなら、特別気に入られたっておかしくはないな」

「じゃあ、おれたちがとめたのにキアルが会いにいったのも、特別な絆《きずな》があったからこそ、ってことだな！」

うきうきとウインクしたのは友人のひとりだ。友達同士で「そうだそうだ！」と盛り上がりはじめて、キアルは離れた位置に立つ両親と顔を見あわせた。

二人の言ったとおりだった。キアルが思うよりもずっと、町の人たちはキアルを受け入れてくれている。

クラウディオがすっと歩み出ると、トニーを押しのけるようにしてキアルと並んだ。

「皆の言うとおり、キアルは俺にとって、唯一無二の存在だ」

ひゅうっ、と王子に対するには不適切な口笛が響く。クラウディオはいやな顔ひとつせず、ひやかしがおさまるのを待って口をひらいた。

「口づけだけで獣から人に戻せるのも、そばにいるだけで心が落ち着くのもキアルだけだ。これからも隣にいてほしいし、彼のかわりはいない。――こういう場合、人間がすることは決まっている」

クラウディオはあらかじめ決めていたように、優雅に片膝をついた。目をみはるキアルを見上げて、胸に手を当てる。

「キアル。おまえはケーキだが、食べてすべてを自分のものにすることは、できればしたくない。かといって、誰かに渡したくもないんだ。俺だけのものであってほしい――でも、おまえ自身にも、幸せに生きてもらいたい」

「……クラウディオ様」

「俺からおまえに差し出せるものは、これしかない。俺の人生をおまえに預けるから、伴侶として、一緒に生きてくれないか。いつか最後の日が来るまで、おまえを幸せにすると誓う」

押し殺した歓声が人々のあいだから聞こえた。両親は手を取りあって、じっと見守っている。キアルは胸がいっぱいになるのを感じながら、右手を差し出した。

昨夜の答えを、こんなかたちでくれるなんて。

「最後の日だって、僕は幸せだと思います」

見つめあい、心から笑みを浮かべる。

「あなたと出会った日から、ずっと幸せだから」

思いを込めて伝えると、クラウディオは嬉しそうに尾を揺らし、キアルの手の甲へと恭しいキスを落とした。

あとがき

こんにちは、または初めまして、葵居《あおい》と申します。この度は『喰《く》らう獣《けもの》と甘《あま》やかな獲《え》物《もの》』お手に取っていただきありがとうございました！

今回はケーキバースの世界観で書かせていただきました。食べる側と食べられる側という設定って、昔から鉄板ではありますよね。私も何度か書いたことがあって、すごく好きなのなども同じジャンルかなと思います。広義でいうなら、吸血鬼ものやサキュバスものなど、なんでだろうと考えてみたのですが、もしかしたら昔読んだ児童文学の影響かもしれません。あまんきみこの「あきのちょう」や宮沢賢治《みやざわけんじ》の「銀河鉄道《ぎんがてつどう》の夜《よる》」など、そこがメインじゃないけれど、食べられることを想起させるシーンはとても印象的でした。

そんな大好きな設定なので、せっかくならほかの要素も入れたくて、また獣人を書いてしまいましたが、いかがでしたでしょうか。

攻のクラウディオは黒豹なのですが、黒豹は、強いゆえに落ち着いているというイメージがあって好きな動物です。以前に黒豹攻を書いたときは包容力たっぷりなキャラだったのですが、今回は孤高な感じもいいなと思って、少し周囲からは浮いた存在になりました。あまり他人と馴染まない攻が受だけには……というの、最高ですよね。

受のキアルは食べられる側という設定なので、できるだけ健全な性格の子がいいと思って、エピソードを考えていくなかで、「健全で自分の意思や気持ちもはっきりしていて、でも献身的」というキャラクターになりました。今まであまり書いたことのないカップルになったのではと思います。ケーキバースという設定と、この二人ならではの、まっすぐな恋愛のお話として、最後まで楽しんでいただけていれば幸いです。

今回、イラストはサマミヤアカザ先生にお願いすることができました。ずっと大好きだった先生なのでとても光栄です。クラウディオはビジュアルが好みすぎて、キャララフのときから「どうしよう……」と動揺してました。素敵すぎます。キアルは可愛いだけでなく優しさが伝わってきますよね。見るからに町でもお城でもみんなと仲良くなれそうです♪　口絵も挿絵もお気に入りのシーンばかりなので、皆様にもご堪能いただけることと思います！

また、今回もプロットから改稿まで、担当さんにお世話になりました。迷子になりがちな私に客観的な視点でアドバイスをいただけて、いつも本当に助かっています。校正や組版、印刷出版流通にかかわる皆さまにも、この場を借りてお礼申し上げます。

最後までおつきあいくださった読者の皆様もありがとうございます。よろしければぜひご感想をお寄せくださいね。また別の本でもお会いできたら嬉しいです。

葵居ゆゆ

リンクスロマンスノベル

喰らう獣と甘やかな獲物

2024年11月30日 第1刷発行

著　者　葵居《あおい》ゆゆ

イラスト　サマミヤアカザ

発行人　石原正康

発行元　株式会社 幻冬舎コミックス
〒151-0051 東京都渋谷区千駄ヶ谷4-9-7
電話03（5411）6431（編集）

発売元　株式会社 幻冬舎
〒151-0051 東京都渋谷区千駄ヶ谷4-9-7
電話03（5411）6222（営業）
振替 00120-8-767643

デザイン　Blankie

印刷・製本所　株式会社 光邦

検印廃止